www.tredition.de

AF204193

Katrin Benedict

Von Katze, Molch und Weihnachtsmann

Geschichten mit Bildern von Romy Pietzsch

www.tredition.de

© 2020 Katrin Benedict
Umschlag, Illustration: Romy Pietzsch
Lektorat, Korrektorat: Verena Karl

Verlag & Druck: tredition GmbH, Halenreie 40-44, 22359 Hamburg

ISBN
Paperback: 978-3-7497-2040-8
Hardcover: 978-3-7497-2041-5
e-Book: 978-3-7497-2042-2

Inhaltsverzeichnis

Die Katze

Es war eine dunkle und stürmische Nacht. Als Elsa aufwachte, hörte sie, wie der Fensterladen in der Küche gegen die Hauswand schlug. Er war schon seit mehr als zehn Jahren kaputt, und niemand war da, der ihn reparieren konnte. Und dann hörte sie ein klägliches Miauen. „Die Katze!", dachte Elsa. Wieso trieb die sich denn bei diesem Sturm draußen herum? Normalerweise spürte die Katze das schlechte Wetter nämlich schon, wenn noch kein Wölkchen am Himmel war, verkroch sich und kam erst bei Sonnenschein wieder anspaziert. Auch am Abend war die Katze wie vom Erdboden verschluckt gewesen. Da war der Himmel sogar noch blau in blau gewesen. Wieso war die denn jetzt wieder da? Ob ich zur Hintertür gehen sollte? Aber bei diesem Wetter? Der Regen prasselte gegen die Scheiben und der Wind heulte und pfiff. Wahrscheinlich hatte die Katze nur Angst. Aber wenn sie verletzt war? Das war doch eine Ausnahmesituation! Elsa beschloss aufzustehen und nachzusehen. Sie sah zu der alten Holzuhr, die gegenüber ihrem Bett hing und deren metallene Zeiger auch in der Dunkelheit matt funkelten. Halb zwei! In ihrem Schlafzimmer war es kalt. Der Sturm hatte die Luft deutlich abgekühlt. Ohne Licht zu machen, ging Elsa barfuß zu ihrem Kleiderschrank, nahm einen alten Bademantel vom Bügel, hängte den leeren Bügel wieder in den Schrank und verschloss ordentlich die Tür. Währenddessen wanderten ihre Gedanken wieder zu der Katze.

Das erste Mal hatte sie die Katze vor sechs Monaten gesehen, an einem schönen Frühlingstag im Mai. Als sie am Morgen ihre Kaffeetasse und ihr Schwarzbrot mit Marmelade auf den kleinen Tisch im Hof gestellt hatte, um ihr Frühstück im Freien zu genießen, hatte die Katze auf der Hofmauer gesessen und sie aufmerksam betrachtet. Jedenfalls hatte Elsa den Blick so interpretiert, der ernst und gespannt jede ihrer Tätigkeiten verfolgte. Die Katze war weder jung noch alt, hatte jede Menge rote und schwarze Flecken auf einem weißen Grund und ein zerzaustes linkes Ohr. „Was die wohl denkt?", hatte sich Elsa gefragt, und dann „Wo die wohl herkommt?". Elsa lebte in einem alten Haus am Rande von Karlstadt, das sie von ihrer Mutter geerbt hatte. Das Haus war um die Jahrhundertwende errichtet worden und hatte, wie man auf neudeutsch sagte, einen Renovierungsstau. Aber Elsa, die hier ihr ganzes Leben verbracht hatte, kannte und wollte es nicht anders. Außerdem fehlte das Geld. In dem großen Garten und der Wiese, die sich an Elsas Haus anschlossen, kamen oft Katzen auf der Suche nach Mäusen oder etwas anderem Essbaren. Elsa kannte sie alle. Den großen roten Kater der Nachbarn, einen richtigen Prachtkerl, die schwarz-weiße Lilli von gegenüber, die gerne ein Schläfchen auf ihrem alten Kaninchenstall hielt, den dünnen Schwarzen und den Grau-Gestromten. Aber diese Bunte hatte Elsa bis zu diesem Tag noch nie gesehen. Und so hatten sich Elsa und die Katze mit dem zerzausten Ohr erst eine Weile über Elsas Frühstücksbrot und ihre Kaffeetasse und dann einfach so stillschweigend gemustert. Als Elsa in ihr Haus zurückgekehrt war, hatte sie die Katze über ihren täglichen Verrichtungen zunächst vergessen. Als sie jedoch ihr Mittagessen, Pellkartoffeln mit Quark, hinaus getragen hatte, hatte die Katze circa fünf Meter von ihrem Tisch entfernt gesessen und wieder zu ihr herüber gestarrt. „Na, wer bist du denn!?", hatte Elsa im halblauten Ton gefragt und hinzugefügt „Wahrscheinlich ein Streuner!", und die Katze hatte gezwinkert. So hatten sie einträchtig im Garten gesessen und Elsa hatte sich spontan entschlossen, der Katze den Rest ihres Quarks auf den Fußboden zu stellen. Sozusagen als Wegzehrung. Die Katze war, Elsa weiter beobachtend, langsam näher gekommen und hatte den Teller leer geleckt. „Na dann gute Reise!", hatte Elsa gemeint und war ins Haus gegangen. Die Katze hatte jedoch offensichtlich beschlossen, ihr Wanderleben aufzugeben, denn sie erschien von nun an pünktlich zu jeder Mahlzeit, die Elsa auf ihrem Hof einnahm. Dann sah sie Elsa mit einem auffordernden Blick an, der nichts anderes besagen sollte, als dass ihr ein Teil von Elsas Futter zustehe. Elsa, die eigentlich nicht geplant hatte, eine Katze bei sich aufzunehmen, hatte bereits am zweiten Tag beschlossen, nicht zu teilen. Dann würde die Katze sicher wieder verschwinden. Von da an fand bei jeder Mahlzeit im Freien ein stummes Duell zweier unterschiedlicher Willen statt, das Elsa meist gewann, aber hin und wieder auch verlor. Circa eine Woche später hatte Elsa die Hintertür aufstehen lassen, als sie zum Arbeiten in ihren Gemüsegarten gegangen war. Als sie bei der Rückkehr ihr Wohnzimmer betrat, strich die Katze gerade am Sofa entlang. Dabei sah sie sich alle Gegenstände genau an, so, als würde ihr das Haus, möbliert natürlich, von einem Immobilienmakler zum Kauf angeboten. „Also das geht ja nun zu weit!", hatte Elsa ausgerufen, „Aber hinaus mit dir, husch, husch!". Die Katze hatte den Blick eines Interessenten, der sich noch nicht endgültig entschieden hat, aufgesetzt und war hinaus stolziert. Dann hatte sie auf der Steinmauer, die Elsas Grundstück vollständig umgab, ein Sonnenbad genommen. Natürlich hatte die Katze schnell herausbekommen, dass Elsa bei schlechtem Wetter ihre Mahlzeiten in der Küche einnahm. In diesem Fall tauchte sie unversehens am Küchenfenster auf und ließ sich dort nieder. Nicht, dass sie miaut hätte. Aber ihre hoch aufgerichtete Gestalt stellte ein lebendiges Mahnmal dar, Tieren in Not zu helfen. Irgendwie hatte Elsa dann die Katze fast vermisst, als sie mal zwei Tage hintereinander nicht zu sehen war. Aber am dritten Morgen hatte sie wieder am Fenster gesessen, so, als wäre sie nie weg gewesen. Das war der Tag, an dem Elsa das erste Mal eine Tüte Katzenfutter eingekauft hatte. Nur so, damit man etwas im Hause hatte, versteht sich.

Wieder hörte Elsa ein fast ängstliches Miauen. Eigentlich miaute die Katze nie. Elsa knotete den Gürtel ihres Bademantels zu, schlüpfte in ihre Hausschuhe und ging zur Hintertür.

Vorsichtig, die Türklinke fest in der Hand haltend, öffnete Elsa die Tür einen Spalt breit. Als nichts passierte, schaltete sie das Hoflicht an und spähte mit dem Kopf aus der Tür. Draußen prasselte es ordentlich vom Himmel, an dem immer wieder Blitze zuckten. Das Wasser von dem kleinen Vordach über der Hoftür stürzte in kleinen Bächen auf das Hofpflaster, von wo es in alle Himmelsrichtungen spritzte. Bereits nach zwanzig Sekunden hatte Elsa ein feuchtes Gesicht. Vorsichtig sah sie sich um, soweit das bei der Dunkelheit möglich war. „Katze!", rief sie vorsichtshalber und noch einmal „Katze!". Nichts zu sehen! „Na, dann nicht!", dachte Elsa gerade, als sie wiederum ein ängstliches Maunzen vernahm. Seufzend entschloss sie sich, auf den Hof zu treten, um besser sehen zu können. Vorsichtig trat Elsa unter das Vordach und schaute sich in dem engen Lichtkreis um, den die Hoflampe schenkte. War die Katze etwa dort unter dem Kaninchenstall? Elsa ging in die Hocke, wobei sie die Klinke der Hoftür in der Hand behielt. Dabei lockerte sie ihren Griff. Das Ergebnis dieser Aktion veränderte den weiteren Verlauf von Elsas Nacht gründlich. Mit einem lauten Rums fiel nämlich die Hoftür in ihr Schloss, was in Anbetracht des herrschenden Windes nicht erstaunen konnte. Allerdings ließ sich gleichzeitig ein halblautes Knacken vernehmen, was daher rührte, dass die bejahrte Plastiktürklinke beschlossen hatte, in Rente zu gehen, und vom Türzapfen abbrechend weiteren Dienst verweigerte. Verblüfft richtete sich Elsa kerzengerade auf und betrachtete den Teil der Türklinke, den sie noch in der Hand hielt. Das gab es doch nicht, dass ausgerechnet jetzt die Klinke abgebrochen war! Schon ein paar Mal war ihr die Klinke – allerdings in einem Stück – vom Türzapfen gerutscht. Das war bisher kein Problem gewesen, weil Elsa den kleinen Racker stets mit ein paar energischen Schlägen wieder in Position gebracht hatte. Mit einem Hauch letzter Hoffnung versuchte Elsa die Türklinke auf den Zapfen zu schieben und die Tür wieder aufzuklinken, brachte jedoch außer einem Klappern von Plastik auf Metall nichts zu

Stande. Vorsichtshalber rüttelte Elsa noch einmal an der Küchentür. Die hatte allerdings mit ihrer misslichen Lage kein Einsehen und blieb verschlossen. Elsa fluchte leise und versuchte nachzudenken. Dieser Versuch wurde zunächst dadurch beeinträchtigt, dass Elsa gewahr wurde, dass die Nässe bereits ihren Bademantel und die Hausschlappen geflutet hatte und sich nun an ihrem Nachthemd schwer zu schaffen machte. Darüber hinaus ging eine Minute später die Hofbeleuchtung aus. Elsa fluchte wieder. Ihr Neffe, ein begeisterter Bastler, hatte ihr einen Bewegungsmelder eingebaut. Das bedeutete für sie, dass sie, um das Licht wieder einzuschalten, ihren letzten Schutz aufgeben und als Regenscheuche im Hof herum hampeln musste. Warum hatte sie Steffen das nur erlaubt? Dieser neumodische Kram. Früher schaltete man das Licht an und fertig. Allerdings dämmerte Elsa langsam, dass sie ihre Position sowieso verlassen musste, wenn sie beabsichtigte, noch in dieser Nacht in ihr Bett zurückzukehren. Werkzeug, um den Türzapfen ohne Klinke zu öffnen, befand sich nur im Haus. Dem Hof, der mit der ach so schönen alten bewachsenen Mauer umgeben war und der außer durch ihr Haus keinen weiteren Zugang hatte, konnte sie daher nur entkommen, wenn sie sich aus dem Stall eine Leiter holte, diese an die Mauer legte und hinaufkletterte. An der anderen Seite müsste sie sich fallen lassen und bei völliger Dunkelheit und strömendem Regen durch den Garten der Nachbarn laufen, das einzige Grundstück, das einen Zugang zur Straße hatte. Dort konnte sie deren Zaun übersteigen und sich den Ersatzschlüssel zur Hauseingangstür aus dem Blumenkasten fischen, der an ihrem Wohnzimmer zu Straße hinaus hing. Hoffentlich wurde sie dabei von niemandem gesehen! Und schon gar nicht von den Nachbarn! Die hatten, jedenfalls nach Elsas Meinung, kein anderes Hobby, als anderen hinterher zu spionieren. Na, bei dem Wetter brauchte man damit wohl kaum zu rechnen! Und das alles wegen der Katze, von der nun nichts mehr zu hören war. Elsa beschloss, wenigstens zunächst die Küchenfenster zu kontrollieren. Wenn sie nur eines einen Spalt aufgelassen hatte, könnte sie in die Küche klettern. Allerdings hegte Elsa diesbezüglich keine großen Hoffnungen. Trotzdem verließ sie das schützende Dach, wedelte wie wild mit den Armen, wodurch sich die Hofbeleuchtung wieder einschaltete, und hastete dann zu den Fenstern. Das erste Fenster, das sich direkt neben der Tür befand, war, wie zu erwarten, fest verschlossen. Das zweite Fenster hatte sie ebenfalls vorschriftsmäßig verriegelt, eine Entdeckung, die von Elsa mit dem Ausruf „Mist!" quittiert wurde. Noch einmal sah sie zum Fenster hin, wobei ihr nun schon kleine Regenbäche über Augen und Gesicht rannen. Das Fenster war groß, hatte weiße altmodische Rahmen und an den Seiten weiße Gardinenstores. Auf der einen Seite des Fensters stand ein Topf mit einem Alpenveilchen und auf der anderen Seite saß eine buntgefleckte Katze.

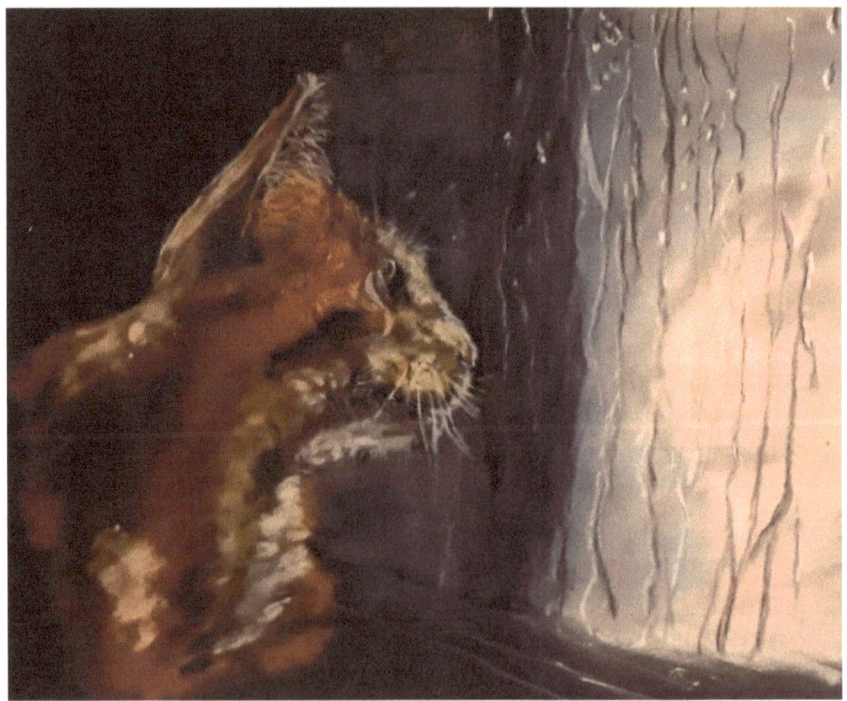

Elsa fluchte! Das konnte doch nicht wahr sein. Sie stand hier draußen, total durchnässt und mit der Aussicht, sich die mächtigste Erkältung ihres Lebens zuzuziehen, von der bevorstehenden Kletteraktion ganz zu schweigen, und die Katze saß geschützt und gemütlich in der Küche. Wahrscheinlich fragte sie sich, was Elsa bei dem Wetter draußen machte, eine Frage, die sich Elsa nach dem Abbrechen der Klinke bestimmt schon hundertmal gestellt hatte. Vor sich hin grummelnd hastete Elsa zum Bienenschauer, an dem ihre alte schwere Holzleiter von innen befestigt war. Sie überlegte kurz, ob sie den Sturm nicht lieber hier abwarten sollte, wo es wenigstens trocken war, verwarf den Gedanken jedoch wieder. Neben der Leiter befanden sich im Schauer nur die Schubkarre und Gartengeräte, also nichts, mit dem sie sich trocken oder wieder warm kriegen konnte. Sie brauchte jedoch dringend trockene Sachen, eine warme Dusche und einen heißen Grog, oder besser zwei. Seufzend tastete Elsa nach der Leiter, was sich schwieriger gestaltete als gedacht, da es in dem Schauer vollkommen dunkel war. Ehe sie die Leiter in den Händen hielt, hatte ihre Hüfte bereits schmerzhafte Bekanntschaft mit dem Griff der Schubkarre gemacht, und in ihren linken Daumen hatte sich ein stecknadellanger Splitter gebohrt, den sie fluchend entfernte. Als Elsa die Leiter mit einem Ruck von der Wand des Schauers zog, löste sich darüber hinaus eine Kaskade feinen Holzstaubes aus der morschen Konstruktion, der sich mit der auf ihr befindlichen Feuchtigkeit zu einer Art sehr natürlichem Make-up verband. Farbton Eiche-Dunkel! Und das alles wegen dieser Katze! Wütend schleppte Elsa die Leiter an die Gartenmauer, wobei der nicht nachlassende Regen den Holzschlamm tiefer in Haar und Kleidung spülte. Nachdem sie die Hofbeleuchtung nochmals mit Armwedeln in Gang gesetzt hatte, beschloss Elsa auf ihren Bademantel zu verzichten. Dieser hatte sich inzwischen mit so viel Wasser vollgesogen, dass er gut und gerne seine sechs Kilo wog, ein Gewicht, welches sie bei der geplanten Mauerüberquerung nicht gebrauchen konnte. Elsa schlurfte mit ihren Wasserpantoffeln zur Hintertür und ließ den Bademantel dort zu Boden fallen. Auf dem Rückweg zur Leiter schaute sie automatisch auf das zweite Küchenfenster, obwohl sie sich ganz fest vorgenommen hatte, es nicht zu tun. Die Katze saß noch dort wie eine Statue und schaute in den Hof. Ja, was war sie eigentlich, fragte sich Elsa frustriert. Die Hauptperson in einer Realityshow für Katzen? Fehlte nur noch, dass die ihre Katzenfreunde zum gemeinsamen Kinoabend einlud! Natürlich in ihr Haus! War doch klar! Warum denn auch nicht? Elsa schaute noch einmal zum Fenster herüber. Wahrscheinlich hielt die Katze sie inzwischen für verrückt, wobei Elsa das Gefühl hatte, von diesem Zustand nicht mehr allzu weit entfernt zu sein.

Als Elsa die erste Sprosse der Leiter erklommen hatte, hörte der Regen plötzlich auf, als habe jemand eine übergroße Dusche zugedreht. „Gott sei Dank!", dachte sie und begann die Leiter hinauf zu steigen. Als Elsa die Mauerkrone erreicht hatte, spähte sie vorsichtig auf die andere Seite. Jetzt kam der schwierigere Teil. Sie musste sich hinüberschwingen, an der Mauerkante festhalten und dann fallen lassen. Hoffentlich verknackste sie sich dabei nicht den Fuß. Vorsichtig schwang Elsa ihr linkes Bein über die Mauerkrone und schob ihre Hüfte nach. Sie holte mit dem rechten Bein Schwung und brachte es ebenfalls über die Mauer, so dass sie sich nun nur noch mit Hüften und Händen auf der Krone aufstützte. Gerade als Elsa sich herablassen wollte, hörte sie in der Stille der Nacht den schrillen Ruf einer Kinderstimme „Ein Gespenst, ein Gespenst!" und ließ sich erschreckt fallen. Dadurch fiel Elsa aus größerer Höhe als geplant und kam zwar zunächst, wie beabsichtigt, auf den Füßen auf. Dann fiel sie jedoch durch den übergroßen Schwung nach hinten und landete mit Po und Rücken im Blumenbeet ihrer Nachbarn, wo sie schnaufend liegen blieb. „Was du nur hast, da ist nichts!", hörte Elsa die Nachbarin sagen und deren Sohn antworten „Doch, da war eins! Auf der Mauer!". Dann wurde ein Fenster zugeschlagen, und Elsa atmete erleichtert auf. Wieso Kinder in dem Alter nachts überhaupt aus dem Fenster sehen durften, anstatt ruhig in ihrem Bett zu schlafen, fragte sie sich. Das hätte noch gefehlt, dass sie hier von den Nachbarn nachts in ihrem Beet erwischt worden wäre. Die Nachbarin war die einzige Person, die es fertig brachte, mindestens zehn Fragen gleichzeitig und in einem Tonfall zu stellen, dass sie nicht anders konnte, als sich irgendwie schuldig oder wenigstens unvollkommen zu fühlen. Angefangen von „Wissen Sie eigentlich, wie spät es ist?", über „Weshalb haben Sie denn kein Tor zur Straße bauen lassen?" bis zu „Also wieso ist denn die Katze in Ihrem Haus, wenn Sie Ihnen gar nicht gehört?". Elsa konnte die Fragen schon in ihrem Kopf hören. „Tief durchatmen!", befahl sie sich. Dann rappelte sie sich mühsam hoch, und versuchte eine Bestandsaufnahme zu machen. Als erstes fiel ihr auf, dass sie ihre Schlappen verloren hatte. Die musste sie auf jeden Fall wiederfinden! So etwas war ein Beweisstück, mit dem sie überführt werden konnte! Darüber hinaus fühlte sich Elsas Hüfte, die bereits durch die Schubkarre vorgeschädigt war, nach dem doppelten Aufprall an, als sei sie gebrochen, was hoffentlich nicht der Fall war. Außerdem war ihre komplette Rückseite, beginnend am Haaransatz bis zu den Hacken, nunmehr mit Erde beschmiert. Mühsam humpelte Elsa in der Dunkelheit herum und tastete nach den Pantoffeln. Nach gefühlten zehn Minuten hatte sie die Schuhe ertastet, streifte sie über die nackten Füße und bewegte ihren schlotternden Körper langsam zum Nachbarzaun. Dort angekommen, spähte Elsa rechts und links die Straße entlang. Gott sei Dank war niemand zu sehen. Mühsam hob sie ihre Beine über den kleinen Holzzaun und wandte sich sofort nach rechts. So schnell, wie es ihre schmerzende Hüfte und die mit nass-feuchtem Schlamm überzogenen Pantoffeln gestatteten, schlurfte Elsa auf ihr Haus zu. Dabei wiederholte sie im Kopf das Mantra „Hauptsache, der Schlüssel ist da, Hauptsache, der Schlüssel ist da!" mit einer Konstanz und Geschwindigkeit, an der jeder Yogi seine Freude gehabt hätte.

Der Schlüssel war da. Was Elsas Plan schwierig gestaltete, war die Tatsache, dass der Blumenkasten, in dem sich der Schlüssel befand, vom Wohnzimmer aus in die entsprechenden Metallstangen gehängt wurde und damit insgesamt einen Meter und siebzig Zentimeter über dem Boden hing. Elsas Größe betrug jedoch nur einen Meter und fünfundfünfzig Zentimeter. Elsa hatte den Schlüssel für ihren Neffen vom Wohnzimmer aus in den Kasten getan. Der war einen Meter achtzig und hatte den Schlüssel schon oft problemlos aus dem Blumenkasten geangelt. Dass sie selbst einmal in die Verlegenheit kommen würde, war in Elsas Plan nicht vorgekommen. Das rächte sich nun. Wie hypnotisiert schaute Elsa zu dem Blumenkasten und dem darüber befindlichen Fenster, in dessen Rahmen jetzt eine Katze erschien und interessiert zu ihr herunter sah. Das verlieh Elsa neue ungeahnte Kräfte. Sie schleuderte ihre Schuhe von den Füßen, umfasste mit jeder Hand einen und stieß mit aller Kraft von unten gegen den Blumenkasten. Beim dritten Versuch gelang es. Der Kasten flog aus der Halterung und übergoss Elsa mit einem Gemisch aus Blumen und schlammiger Erde. Dann fiel er polternd auf ihren nackten rechten Fuß. Über diese kleinen Beeinträchtigungen konnte Elsa jedoch nur lachen. Mit der linken Hand wischte sie sich die Erde von den Augen, hockte sich nieder und tastete nach dem Schlüssel. Als sie ihn gefunden hatte, schob sie den Blumenkasten an die Hausseite und lief, in der einen Hand den Schlüssel, in der anderen die Schuhe haltend, zu ihrer Haustür.

Als Elsa keuchend im Flur stand, drückte sie die Haustür zu, ließ die Pantoffeln fallen und wankte ins Bad. Durch das Betätigen des Lichtschalters erschien im Badezimmerspiegel eine kleine Gestalt in einer Tarnuniform aus hellen und dunklen Erdflecken mit grünen Einsprengseln und weiteren tarnenden Holzpartikeln mit fanatisch entschlossenem Gesichtsausdruck, die offensichtlich aus einem Kriegsfilm stammte. Fast er-schrocken sah Elsa auf ihr Konterfei oder was davon übrig geblieben war, und begann zu lachen. Sie lachte, während sie duschte und sich neue Sachen anzog, während sie sich einen großen Grog zubereitete und diesen langsam austrank. Sie lachte, dass ihr die Tränen kamen und ihr der Bauch wehtat. Erst als Elsa auf dem Bett saß, dachte sie wieder an die Katze. Wo war die eigentlich geblieben? Noch einmal stand Elsa auf und humpelte durch die Wohnung. Nirgends war die Katze zu sehen. Ein mühsamer Blick unter Sofa und Bett brachte auch nichts zu Tage. „Egal!", dachte Elsa, „Findet sich schon wieder!" Erschöpft ging sie ins Schlafzimmer, löschte das Licht und kuschelte sich in ihre Decke. Dann fiel ihr die Leiter ein. Hoffentlich konnte die Nachbarin die nicht sehen. Sonst reimte sie sich das Geschehene womöglich zusammen. „Na wird schon!", dachte Elsa noch, während ihr die Augen zufielen.

Fünf Minuten später, als Elsa bereits in tiefem Schlaf lag, stieg die Katze langsam von Elsas Kleiderschrank herab, auf den sie sich geduckt hatte. Die Katze reckte und streckte sich und sprang dann in einem eleganten Satz auf das Bett. Zufrieden mit dem heutigen Tag rollte sie sich auf dem breiten Kopfkissen neben Elsa zusammen und begann zu schnurren.

Die Molche

Jedes Kind kann irgendetwas besonders gut. Manche Kinder können singen oder zeichnen, andere Kirschkerne über fünf Meter in eine Schüssel spucken oder sich fast unsichtbar machen, insbesondere, wenn sie von Mutter oder Vater gerufen werden.

Friedrich konnte besonders gut träumen und Regeln befolgen. Träumen konnte man gut und gerne als Friedrichs Lieblingsbeschäftigung bezeichnen. Das Tolle am Träumen, fand er, war der Umstand, dass man es fast immer und überall tun konnte. Man brauchte dazu keine teuren Geräte oder Sachen, keinen besonderen Platz und vor allem keine Erlaubnis. Träumen konnte man, wenn einen der Doktor untersuchte, in der Badewanne oder bei den Hausaufgaben. Und es machte augenblicklich glücklich. Regeln machten Friedrich eher Angst. Sie waren tückisch, tauchten überall auf und forderten seine volle Aufmerksamkeit, was ihn natürlich am Träumen hinderte. Als Friedrich an dem Morgen des ersten Sonnabends im Juni auf dem Weg zum Badezimmer des elterlichen Hauses war, hatte er bereits diverse Regeln eingehalten und war sich der kommenden Aufgaben bewusst. Friedrich hatte die Bettdecke sorgsam zum Lüften zurückgeschlagen und zwar so, dass kein Zipfel auf dem Boden aufkam, damit die Decke nicht eventuell durch Staub oder Dreck verunreinigt wurde, obwohl sich Friedrich nicht erinnern konnte, dass jemals Dreck auf dem Fußboden seines Kinderzimmers gelegen hätte. Dann hatte er seine sorgfältig vor dem Bett abgestellten Hausschuhe und seinen an einem Haken an der Tür hängenden Bademantel angezogen, wobei er den Gürtel zu einem ordentlichen Knoten gebunden hatte, damit er sich nicht erkältete. Danach hatte Friedrich das Fenster einen Spalt geöffnet, um frische Luft hereinzulassen, und auf dem Weg zum Bad seine Zimmertür sorgsam geschlossen, damit kein Durchzug entstand.

Durch einen Durchzug konnte irgendwo im Haus eine Tür zufallen und den Vater bei einer wichtigen Arbeit stören. Außerdem konnte durch solch ein Zuschlagen Farbe von der Tür abplatzen. Als Friedrich begann, seine Zähne nach allen Regeln der Zahnpflege gründlich zu putzen, wobei er sorgsam darauf achtete, Waschbeckenrand und Spiegel nicht zu bespritzen, fiel ihm ein, dass heute ein besonderer Tag war. Heute war der erste Tag seines Lebens, soweit er sich erinnern konnte, an dem er allein zu Hause bleiben sollte.

Seine ältere Schwester war bereits seit gestern zu Besuch bei ihrer Großmutter, die sie vor zwei Wochen eingeladen hatte, um mit ihr ein Klavierkonzert zu besuchen. Johanna, die selbst ausgezeichnet Klavier spielte, war begeistert gewesen. Dann war die Einladung für Vater, nebst Gattin, zu einem Empfang beim Ministerpräsidenten gekommen, auf die er sehr stolz war, auch wenn er der Meinung war, sie verdient zu haben, und die man natürlich auf keinen Fall versäumen durfte. Seine Mutter hatte daraufhin seine Tante Anja anrufen wollen, die normalerweise bei solchen Gelegenheiten auf Friedrich aufpasste, aber der Vater hatte ihr durch ein Heben der Hand Einhalt geboten. „Ich denke, es ist an der Zeit, dass Friedrich beweist, dass er wie ein Erwachsener handeln kann, und die vier Stunden, die wir außer Haus sein werden, allein bleibt!", hatte er dann bedeutungsvoll gesagt und Friedrich prüfend angesehen. Friedrich war im Geist die Fehlerquellen betreffend seine Kleidung und seine Haltung durchgegangen, hatte jedoch alles in Ordnung gefunden und erwartungsvoll zu seinem Vater aufgeschaut. „Er ist jetzt acht Jahre alt und weiß, was von ihm erwartet wird!", hatte der Vater hinzugefügt. „Wir können uns doch auf dich verlassen?", hatte er Friedrich gefragt, und der hatte nur genickt. Die Mutter hatte ebenfalls genickt, wie meistens, wenn der Vater sprach. Sie widersprach ihm niemals, genauso wenig wie Friedrich. Wenn sie mit den Entscheidungen des Vaters nicht einverstanden war, ging sie automatisch davon aus, dass sie wahrscheinlich im Unrecht war, und brachte ihre Argumente in einem Tonfall vor, der um Nachsicht für ihre durch Sorgen begründete Fehleinschätzung bat. Dass die Mutter sich Sorgen machte, ihn allein zu lassen, hatte Friedrich ihr sofort angesehen. Mutter hatte stets Angst, dass ihm oder seiner Schwester etwas passieren könne, Angst vor Unfällen, vor Bränden, vor Räubern, vor Krankheiten und so weiter und so weiter. Ein Großteil der Regeln, zu deren strikter Befolgung sie Friedrich immer wieder anhielt, sollte alle diese Gefahren von ihm fernhalten. Dazu gehörte auch, dass er niemals allein den kurzen Schulweg zurücklegen durfte, sondern am Schulgebäude darauf warten musste, dass ihn die Mutter abholte. Außerdem musste er sich stets warm anziehen und vor und nach jeder Mahlzeit die Hände waschen. Natürlich durfte er auch nicht auf der Straße spielen, sondern nur im Garten oder im Haus. Dabei galt es wiederum leise zu sein, um den Vater, der als Professor an einer Universität arbeitete, nicht zu stören, und sich nicht schmutzig zu machen, denn im Schmutz steckten Bakterien, die Krankheiten verursachen konnten. Die übrigen Regeln waren da, damit aus Friedrich etwas Anständiges wurde.

Als Friedrich an den Frühstückstisch trat, hatten die Eltern bereits mit dem Essen begonnen. Der Vater las wie jeden Tag, außer am Sonntag, die Zeitung, weshalb die Mutter in gedämpftem Ton nach Friedrichs Wünschen fragte. Während sie in die Küche ging, um ihm eine Tasse Kakao zu holen, setzte sich Friedrich, wobei er den ersten Regelbruch dieses Tages beging, indem er sich mit der frisch gewaschenen Hand am Knöchel kratzte. Glücklicherweise wurde dieser Verstoß weder vom Vater noch von der Mutter bemerkt, sondern nur von Friedrich selbst. Und von Gott. Wenn man den Eltern Glauben schenken durfte, sah Gott alles, auch unter dem Tisch. Und Friedrich glaubte seinen Eltern immer. Na ja, fast.

Friedrich legte sich die Serviette sorgsam über den Schoß und wählte einen Vollkorntoast, den er mit Bienenhonig bestrich.

Seine Eltern waren bereits ausgehfertig angezogen. Friedrich sah auf die Uhr. Vater hatte festgelegt, dass man um 9.30 Uhr aufbrechen würde. Die alte Standuhr zeigte 9.10 Uhr. Dies bedeutete, dass die Eltern noch zehn Minuten am Frühstückstisch verbringen würden. Dann würde seine Mutter Geschirr und Lebensmittel in die Küche tragen, während der Vater die Zeitung zu Ende lesen würde. Danach, Punkt 9.30 Uhr, würden beide das Haus verlassen. Während Friedrich in seinen Toast biss, hörte er den Anweisungen und Ermahnungen seiner Mutter angestrengt zu und bemühte sich darum, sich alles zu merken, um Mutter und Vater nicht zu enttäuschen. „Also für deine Hausaufgaben brauchst du circa eine Stunde", erläuterte die Mutter gerade. „Danach ruhst du eine halbe Stunde und übst dreißig Minuten Geige. Vergiss nicht, die fertigen Aufgaben auf Vaters Schreibtisch zu legen!", mahnte sie. Friedrich seufzte leise. Am Wochenende kontrollierte meist der Vater seine Hausaufgaben, was regelmäßig dazu führte, dass er ihn zusätzlich examinierte oder dass Friedrich sie nochmals abschreiben musste, weil sein Vater den einen oder anderen Fehler fand oder seine Schrift als unzulänglich bezeichnete. „Wenn du dein Zimmer aufgeräumt hast, kannst du den Rest der Zeit spielen!", sagte die Mutter nun und strich ihm über das Haar. „Am besten, du bleibst im Haus". Friedrich war zwar nicht ganz klar, welchen Nutzen es haben sollte, ein Zimmer vor dem Spielen aufzuräumen, aber er hütete sich, dies zu sagen, denn seiner Mutter hatte man, wie allen Erwachsenen, mit Respekt zu begegnen. Und dies bedeutete, dass man niemals widersprach. Stattdessen nickte er.

Als der Vater kurz darauf begann, zu erläutern, mit welchen wichtigen Persönlichkeiten auf dem Empfang zu rechnen sei, hörte Friedrich zu seiner nicht geringen Überraschung die Trommel. Vor circa zwei Monaten hatte er mit seinen Eltern eine Reportage im Fernsehen gesehen, die den Titel „Das ungezähmte Afrika" trug. Neben zahlreichen wilden Tieren war auch ein afrikanischer Stamm zu sehen gewesen, der noch wie zu Urzeiten lebte. Dort hatte Friedrich die Trommel zum ersten Mal gehört. Eine Gruppe Männer war auf die Jagd gegangen. Zuvor hatten sie eine Art Tanz aufgeführt, der von einem fremd klingenden Trommelschlag begleitet wurde. Durchdringend und wild. Bumm, bumm. Und genau so klang es jetzt. Bumm, bumm. Fast wie ein Herzschlag. Vor Überraschung ließ Friedrich das Honigbrot sinken und sah sich um. Nichts zu sehen und inzwischen auch nichts mehr zu hören. Vorsichtig hob er das Brot und lauschte noch einmal. Nur der Vortrag des Vaters war zu hören. Friedrich schüttelte den Kopf, wie um sich selbst zu überzeugen, dass er einem Irrtum erlegen war, und beendete sein Frühstück.

Eine Stunde später saß Friedrich in seinem Zimmer und brütete über den Mathehausaufgaben. Die Sonne schien vom Fenster herein und malte zusammen mit dem vor dem Fenster stehenden Kirschbaum Kringel auf sein Heft. Von allen Fächern schien Friedrich Mathematik das schwierigste zu sein. Die Zahlenkolonnen luden wenig zum Träumen ein und forderten unnachgiebig nur eine einzige mögliche Lösung. Gerade als er meinte, die Lösung der tückischen Aufgabe 219 durch 3 gefunden zu haben, hörte er wieder den Trommelschlag. Bumm, bumm, bumm! Friedrich schrak zusammen, weshalb die Niederschrift der Lösung – 73 – aus der vorgesehenen Zeile rutschte und nun wie ein abwärts hängender Hundeschwanz aussah. Vor Aufregung legte Friedrich den Füller beiseite, wobei er vergaß, ihn zuzuschrauben, und brach somit die zweite Regel des Tages, eigentlich die dritte, wenn man die verrutschte Lösung mitzählte. Aber Friedrich war mit seinen Gedanken bei der Trommel. Woher war das Geräusch gekommen? Es hatte sich angehört, als stünde die Trommel direkt hinter ihm. Aber als Friedrich vom Stuhl aufstand, konnte er nichts entdecken. Er lauschte. Nichts. Vorsichtshalber ging Friedrich durch alle Zimmer des Hauses und kontrollierte, ob noch ein Radio oder ein Fernsehgerät eingeschaltet war. Natürlich war dies nicht der Fall. Gerade als er die Hauseingangstür passierte, um wieder in sein

Zimmer hinaufzusteigen und seine Aufgaben zu beenden, hörte er den Trommelton erneut: bumm, bumm! Ob der Ton von draußen kam? Vorsichtig öffnete Friedrich die Haustür und trat in den Garten.

In den Garten zu treten fühlte sich für Friedrich an, als ob eine unsichtbare Last, die er auf seinen schmalen, ein wenig nach vorn gekrümmten Schultern trug, von ihm genommen wurde. Er streckte sich, atmete tief ein und hörte wieder die Trommel. Aufmerksam sah sich Friedrich im Garten um, konnte aber nichts Besonderes entdecken. Anders als am Frühstückstisch oder in seinem Zimmer hörte der Trommelton jetzt auch nicht auf. Im Gegenteil, er wurde stärker und rhythmischer. Friedrich blieb eine Weile ruhig stehen und lauschte. Irgendwie war es fast unheimlich, eine Trommel zu hören, die er weder sehen noch finden konnte. Friedrich beschloss, sich die Ohren zuzuhalten. Dazu holte er tief Luft, hielt den Atem an und steckte beide Zeigefinger so tief in die Ohren, wie es eben ging. Das Ergebnis war irritierend. Die Trommel verstummte nämlich nicht, wie er erwartet hatte, sondern ging lediglich in eine andere Tonlage über. Es klang jetzt irgendwie, als trommele jemand unter Wasser. Friedrich blies die Luft aus, nahm die Finger aus den Ohren und überlegte. Vielleicht wurde er krank? Aber von einem Leiden, bei dem man Trommeln hören konnte, hatte ihm die Mutter noch nie erzählt. Friedrich setzte sich auf eine Bank im Garten und dachte nach. Im Film war es so gewesen, dass der Krieger, der die Trommel schlug, erst aufhörte, als die Jagd vorbei war und die anderen Männer mit erlegten Tieren zurückgekommen waren. Vielleicht würden die Trommeln verstummen, wenn er etwas gejagt hatte? Aber was konnte er als Kind schon jagen? Da fiel ihm etwas ein – die Molche!

Das Haus von Friedrichs Eltern lag am Rande von Johannesbach im Grünen. Bevor man die Siedlung von Einfamilienhäusern erreichte, musste man mit dem Auto durch ein Stück eines Naturschutzgebietes fahren, in dem sich mehrere kleine Seen und ein Auenwald befanden. Obwohl einer der Seen in nur einer Viertelstunde vom elterlichen Haus aus zu erreichen war, hatten die Eltern Friedrich streng verboten, dorthin zu gehen. Im Wald konnte man sich nämlich nach den Aussagen seiner Mutter leicht verletzen, und der kleine See steckte voller Dreck und Keime. Außerdem konnte man dort ertrinken. Der Vater hatte noch in dem üblichen, leicht dozierenden Ton hinzugefügt, dass dort eine große Population Molche lebte, die nicht gestört werden dürfe. Das Wort Population hatte Friedrich keine Schwierigkeiten bereitet, denn seine Eltern benutzten gern und oft Fremdwörter, so dass ihn selbst Worte wie desavouiert oder haptisch nicht erschüttern konnten. Unter einem Molch hatte sich Friedrich jedoch nichts Konkretes vorstellen können. Deshalb hatte er seine Schwester gefragt, die ihm im Internet Bilder gezeigt hatte. Darauf war ein längliches, zartes und irgendwie geheimnisvoll wirkendes Tier zu sehen gewesen, mit Schwimmflossen an den Füßen, einem Rückenkamm und gepunkteter Haut. Friedrich war sofort fasziniert gewesen, denn dieser Molch passte perfekt in das Traumreich. In diesem Reich lebten geheimnisvolle zarte Wesen in einer Welt voller Licht und Wärme. Es gab sonnenüberflutete Wiesen und schattige Wälder, die mit Elfen, Zwergen und wunderschönen Feen bevölkert waren, die mit ihm sprachen, mit ihm spielten und ihm zuhörten. Von diesem Zeitpunkt an hatte er davon geträumt, ein paar Molche zu besitzen. Aber wie?

Zwanzig Minuten später schloss Friedrich die Gartentür hinter sich und atmete tief durch. Er hatte sich eine alte Hose angezogen, die er im Fach mit den ausrangierten Sachen im Kleiderschrank seiner Mutter gefunden hatte. Die Hose war bereits fünf Zentimeter zu kurz, so dass man die Gummistiefel gut sehen konnte, die Friedrich aus dem Keller geholt hatte und die nun seine Füße zierten. Über den offenen Hosenbund hatte er sein neues blaues Poloshirt gezogen, das die Aufschrift „warrior" trug, was, wie er erfragt hatte, Krieger hieß und ihm irgendwie passend vorkam. Außerdem verdeckte es die Tatsache, dass sich der Hosenbund nicht mehr schließen ließ. In der Hand trug Friedrich den Putzeimer der Mutter, in dem sich eine große Kelle aus der Anrichte, ein Stück Bindfaden aus dem Nähkorb und Streichhölzer von Vaters Schreibtisch befanden. Außerdem ein großes Stück Napfkuchen aus dem Vorratsschrank, aus dem Friedrich bereits ein ordentliches Stück herausgebissen hatte, und eine kleine Tüte Haferflocken zum Anlocken der Molche. Während seiner Vorbereitung hatte Friedrich mindestens acht Regeln gebrochen, unter anderem die, nichts von Vaters Schreibtisch an sich zu nehmen und zwischen den Mahlzeiten nichts Süßes zu essen. Irgendwie war ihm jedoch aufgegangen, dass ein Krieger nicht auf alle Regeln Rücksicht nehmen konnte, wenn er in die Schlacht ziehen wollte. Deshalb hatte er sich an den entsprechenden Stellen auf den Klang der Trommel konzentriert, durch deren mächtigen Ton die mahnenden und belehrenden Stimmen seiner Eltern zu einem fernen Rauschen verkamen. Zum Schluss hatte er die Haustür sorgsam abgeschlossen und den Schlüssel in die enge Hosentasche gezwängt.

Friedrich sah sich um. Niemand war zu sehen. Die Trommel schlug. Es war Zeit, den Feldzug zu beginnen. Langsam begann er zunächst die Straße entlangzulaufen und bog nach einhundert Metern auf den Feldweg ab, der ihn zum See führen würde. Der Eimer schlug in gleichmäßigem Takt gegen sein Bein.

Als Friedrich den Wald betrat, in dem sich der See befand, tauchte er in eine Welt voller Schatten und gedämpfter Farben ein. Die herrschende Stille wurde gelegentlich von dem Zirpen diverser Grillen, Vogelgesang und dem Quaken von Fröschen unterbrochen. Friedrich versuchte sich beim Weitergehen an dem Quaken zu orientieren. Wo Frösche sind, ist auch Wasser, sagte er sich. Das Trommeln in seinem Innern war zu einem gleichmäßigen beruhigenden Takt geworden, der ihn vorwärts trieb.

Als in einer Entfernung von zwanzig Metern plötzlich eine Wand aus Schilf auftauchte, lief Friedrich los. Das musste der See sein!

Nachdem er sich durch das Schilf gezwängt hatte, stellte Friedrich als erstes fest, dass es sich nicht um einen See, sondern wohl eher um einen Tümpel von circa zehn Metern Durchmesser handelte, der offenbar schon am Rand sehr tief war, denn das Wasser begann ihm bereits in die Gummistiefel zu laufen. Friedrich senkte den Eimer und beugte sich vor. Das Wasser des Tümpels war von schlammig-grüner Farbe und verbarg alle hier lebenden Bewohner hinter einer Wand aus Wasserpflanzen und Algen. Außerdem war durch sein Eindringen jede Menge Schlamm aufgewirbelt worden, der sich nur langsam wieder setzte. Friedrich beschloss, zunächst ein paar Haferflocken auszustreuen, um die Molche anzulocken, und sich die Wartezeit mit dem Stück Kuchen zu verkürzen. Wie viele Haferflocken brauchte man wohl? Vorsichtshalber schüttete Friedrich den ganzen Inhalt in den Tümpel und stopfte die leere Tüte in seine Gesäßtasche. Während er zusah, wie die Flocken nass wurden und zu Boden sanken, verzehrte er den Kuchen. Circa fünf Minuten später waren die Haferflocken im undurchsichtigen Grund des Tümpels verschwunden, ohne dass sich ein Molch gezeigt hätte. Da Friedrich nicht wusste, wie tief der Tümpel war, beschloss er, den Eimer als Kescher zu benutzen und im Schilfrand hin und her zu schwenken. Das erste Schwenken hatte zur Folge, dass die Silberkelle, die Friedrich in den Hosenbund gesteckt hatte, herausfiel und sich ebenfalls in Richtung Tümpel-grund verabschiedete, was die Meinung vieler Erwachsener, man könne in Tümpeln keine Schätze mehr finden, deutlich widerleg-te. Nach dem sechsten Schwenken gab Friedrich auf. So würde er niemals einen Molch fangen. Er watete zum Ufer und beschloss, sich am linken Rand auf einem Grasstück hinzulegen und den Tümpel einfach zu beobachten.

Friedrich legte den Eimer beiseite und streckte sich der Länge nach in dem mit Moos durchwachsenen Gras aus, wodurch sowohl seine Hose als auch sein T-Shirt begannen, eine nicht regelgerechte satte grüne Farbe anzunehmen. Eine ganze Weile lag er ganz still da. Selbst die Trommel in seinem Inneren war zu einem sanften Bumm, Bumm übergegangen. Gerade als Friedrich bemerkte, dass er langsam schläfrig wurde, nahm er im Wasser eine Bewegung wahr. Friedrichs Augen wurden groß. Tatsächlich ein Molch, der sich auf der Suche nach Futter durch das Wasser treiben ließ, wobei er mit seinen kleinen Füßen ruderte! Und da, noch einer! Vorsichtig, wie in Trance, tauchte Friedrich den Eimer ins Wasser und ließ ihn sanft in Richtung Molche gleiten. Dass die beiden Molche direkt in den Eimer schwammen, wunderte Friedrich nicht einen Augenblick. Er war sicher, dass die Molche wussten, was auch er wusste: Sie gehörten zusammen. Vorsichtig setzte Friedrich den Eimer ab und schaute hinein. Die Molche schienen sich in ihrer vorübergehenden Behausung wohl zu fühlen.

Allerdings war der Eimer für eine dauerhafte Unterbringung wohl zu klein, überlegte Friedrich. Er beschloss, die Tiere erst einmal in der Badewanne einzuquartieren, bis er von seinem Spargeld ein Terrarium gekauft haben würde.

Als sich Friedrich auf den Rückweg machte, begann die Trommel langsam leiser zu werden, um dann zu verstummen. Er hatte Recht behalten! Die Trommel hatte gerufen, und er hatte geantwortet. So also fühlte sich ein Krieger nach einer erfolgreichen Jagd. Stolz sah er auf den Eimer mit den Molchen.

Als Friedrich im elterlichen Wohnhaus ankam, zog er noch vor der Haustür die Gummistiefel aus und schüttete das Wasser auf den Rasen. Danach stellte er sie zum Trocknen ordentlich in die Sonne und betrat das Haus. Friedrich stellte den Eimer ab und brachte zunächst die nicht benutzten Streichhölzer und den Bindfaden an ihren Platz zurück, wobei seine mit Tümpelwasser getränkten Socken auf dem häuslichen Fußboden diverse bräunlich-grünliche Abdrücke hinterließen, als sei hier ein übergroßer Molch auf der Suche nach etwas Essbarem entlanggelaufen. Danach lief Friedrich mit dem Eimer ins Bad, stöpselte die Wanne zu und begann das Wasser anzustellen, wobei er sorgfältig darauf achtete, die Wassertemperatur der des Tümpels anzupassen. Dann goss er das Wasser mit den Molchen vorsichtig in die Wanne. Als er sich aufrichtete, sah er zu seiner Überraschung im gegenüberliegenden Spiegel das Bild eines Kriegers. Der Krieger trug eine mit Tarnflecken übersäte Uniform ohne Rangabzeichen, der jedoch anzusehen war, dass sie im Kampf Verwendung gefunden hatte, was ohne Zweifel Rang genug war. Das Gesicht des Kriegers starrte vor Dreck unterschiedlichster Art und Güte und strahlte eine Mischung aus Triumph und Tapferkeit aus. Und ganz plötzlich wusste Friedrich auch seinen Namen „Großer Molch". Als er den Namen aussprach, grinste der Krieger im Spiegel und seine Augen leuchteten. Nach einer Weile beugte sich Friedrich über die Wanne und begann das Treiben der Molche zu beobachten.

Als Friedrichs Eltern circa eine halbe Stunde später ihren Pkw in der zum Haus gehörenden Garage parkten, waren beide bester Stimmung. Der Empfang war ein voller Erfolg gewesen. Der Ministerpräsident hatte Friedrichs Vater mit Namen begrüßt und auch zwei, drei Sätze über sein Engagement fallen lassen, die darauf schließen ließen, dass man sich auf den vakanten Posten des Vizerektors der Universität, der selbstverständlich mit einem loyalen, werteorientierten Kollegen besetzt werden sollte, Hoffnungen machen durfte. Friedrichs Vater hatte während der Unterhaltung genau die richtige Mischung aus Ergebenheit und Tatkraft ausgestrahlt, die der Chef der Landesregierung so schätzte, während Friedrichs Mutter beiden Männern eine Art uneingeschränkte Bewunderung gezollt hatte, die heutzutage bei Frauen quasi als ausgestorben gilt.

Als Friedrichs Mutter sich der Eingangstür näherte, bemerkte sie zu ihrer Verwunderung, dass die Gummistiefel ihres Sohnes in der Sonne zum Trocknen aufgestellt waren. Dann lächelte sie. Sicherlich hatte Friedrich die Stiefel angezogen, weil der Rasen am Vormittag noch nass vom Tau gewesen war. Der Junge war immer so umsichtig. Als sie die Wohnungstür öffnete, erstarb das Lächeln und ging in einen spitzen Schrei über. Auf den sorgsam ausgewählten in einem cremeweißen Ton gehaltenen italienischen Steinfliesen zeichneten sich diverse in mehrere Richtungen verlaufende Schlammspuren ab, die aussahen, als sei ein überdimensionales Kaninchen auf der Suche nach Futter herumgehoppelt. Ein derartiges Bild war so außerhalb der Vorstellungskraft von Friedrichs Mutter, dass sie Mühe hatte, sich einen Reim darauf zu machen. Waren etwa Fremde im Haus? Oder war dem Jungen etwas zugestoßen? Friedrichs Vater hingegen betrachtete die Schweinerei in seinem Hausflur, wie er sie für sich selbst nannte, als einen Affront gegen seine Person. Mit einem Blick auf seine Frau machte er klar, dass er mit dieser Angelegenheit nicht belästigt zu werden wünschte, und verschwand in seinem Arbeitszimmer, wobei er sorgsam den Schlammabdrücken auswich. Friedrichs Mutter war zunächst hinund hergerissen von dem Verlangen, nach ihrem Sohn zu sehen, und dem Wunsch, ihren Fußboden wieder in den Zustand zu versetzen, der dem Haushalt eines Professors entsprach. Schließlich lief sie zunächst die Treppe hinauf, um ihren Sohn zu suchen, fand aber sein Zimmer leer vor. Von Sorge erfasst rannte Friedrichs Mutter zurück ins Erdgeschoss, wo sie auf ihren Ehemann traf, der just festgestellt hatte, dass auch sein Arbeitszimmer mit Fußabdrücken verziert war, was nach seiner Ansicht eindeutig zu weit ging.

Als Friedrichs Eltern die Badezimmertür öffneten, hob der Krieger den Kopf und eine Minute lang schauten sich Eltern und Kind schweigend an, so, als hätten sie sich noch nie zuvor gesehen. Irgendwo in einem versteckten Winkel des Herzens von

Friedrichs Vater blitzte eine Erinnerung an eine Unbeschwertheit auf, die, wie er nun seit langem wusste, gottlos und unverzeihlich war. Friedrichs Mutter stellte zu ihrem Erstaunen fest, dass ihr Kind einen Gesichtsausdruck hatte, den sie nicht kannte und nicht einordnen konnte. Und Friedrich konnte den heutigen Vormittag nur schwer mit dem Leben in Einklang bringen, das auf der anderen Seite der Badewanne zu ihm herübersah.

Dieser Moment brach ab, als Friedrichs Mutter die in der Wanne schwimmenden Molche entdeckte und mit einem entsetzten Schrei den Stöpsel aus der Wanne riss. Friedrich griff geistesgegenwärtig nach dem neben ihm stehenden Eimer, schöpfte die Molche hinein und stellte ihn neben sich ab. Dann schlug die Welle des elterlichen Strafgerichtes über ihm zusammen.

Eine Stunde später stand Friedrich geduscht und in frischen Sachen vor dem Schreibtisch seines Vaters. Der Professor hob in dem üblichen strengen Ton an, Friedrich seine Verfehlungen vorzuhalten. In seinem Ton lag wie so oft das Erstaunen darüber, dass so ein unvollkommener und nun auch noch ungehorsamer Junge sein Sohn sein konnte, und Friedrich wurde wie gewöhnlich immer kleiner. Seine Schultern und sein Kopf krümmten sich nach vorn, als könnten sie so der vernichtenden Wucht der Worte des Vaters entgehen, die sich ihm ins Herz gruben. Er war schlecht, sicher war er das! Während die Rede des Vaters dahin strömte, fiel Friedrichs Blick auf die Schachtel mit den Streichhölzern, die er auf den Schreibtisch zurückgelegt hatte und deren Hülle ein grünlich schimmernder Überzug zierte. Und augenblicklich hörte er auch wieder ganz leise, doch deutlich den Klang der Trommel, und ganz plötzlich, am Ende eines langen Tages, wusste Friedrich, woher sie kam. Die Trommel befand sich direkt in ihm, in seinem Herzen. „Großer Molch" ließ die Augen noch einen Augenblick auf der Schachtel ruhen. Dann richtete er sie auf Friedrichs Vater und straffte die Schultern. Der

Professor, der gerade dazu übergehen wollte, Friedrich die Liste von Strafmaßnahmen zu erläutern, die er sich natürlich alle selbst zuzuschreiben hatte, verlor plötzlich den Faden. Ohne es sich eingestehen zu wollen, hatte er das Gefühl, es befände sich noch eine dritte Person im Raum. Aber das war natürlich Unsinn. Trotzdem war er verwirrt. Mit einem halbherzigen „Wir reden morgen weiter!" verabschiedete er seinen Sohn. Dann setzte er sich kopfschüttelnd in seinen Schreibtischstuhl und holte seine Pfeife hervor. Und obwohl ihm bei ihrem Anzünden auffiel, dass die Streichhölzer unzweifelhaft mit der Außenwelt Bekanntschaft gemacht haben mussten, verlor er darüber kein Wort. Eine Stunde später nahm er den Eimer mit den Molchen und brachte sie zum Teich zurück.

Als Friedrich am Abend dieses denkwürdigen Tages zu Bett ging, entspannte er sich und dachte nach. Vielleicht war das Einhalten von Regeln ja gar nicht so wichtig. Trotz der Strafmaßnahmen, die noch ausstanden. Vielleicht konnte er ja auch einen Kurs für Trommeln besuchen. Friedrich dachte an das Spiegelbild und erinnerte sich, dass er nicht allein war. „Großer Molch" war bei ihm. Der Krieger konnte jederzeit kommen. Jetzt und in Zukunft.

Der Skiausflug

An seinem zweiten Urlaubstag im Februar des Jahres 1976 erwachte Hans wie immer voller Tatendrang. Es war kurz vor halb sieben. Vor dem Schlafzimmerfenster des gemieteten Bungalows herrschte noch völlige Dunkelheit, aber bald würde ein erstes fahles Licht am Rand des verschneiten Winterwaldes sichtbar werden. Deshalb war es Zeit aufzustehen, wie er fand. Hans schlief sehr zum Leidwesen von Frau und Tochter niemals mehr als sechs Stunden. Dann erwachte er von selbst und fühlte sich wie ein Rennpferd in der Startbox. Um seine Familie und den Neffen, die selbstverständlich noch schliefen, zu schonen, beschloss er, sich anzuziehen und mit dem Auto zum Bäcker zu fahren. Später am Tag würde er bei der Skiausleihe vorbeischauen und, wenn er Glück hatte, für sich, seine Tochter und den Neffen ein Paar Ski ergattern. Schließlich war man ja im Winterurlaub.

Erst gestern waren sie mit dem neuen Wartburg in M. gestartet und hatten auf dem Weg hierher den Neffen seiner Frau vom Bahnhof abgeholt, damit die Tochter jemanden zum Herumtoben hatte. Als sie in dem kleinen Ort B. angekommen waren, hatte der Schnee so hoch gelegen, dass Hans das Auto zweihundert Meter vor dem Bungalow stehen lassen und die Koffer und Taschen zu Fuß in den Bungalow schleppen musste. Dass es ihm trotz seiner ausgefuchsten Fahrkünste nicht gelungen war, der verschneiten Straße zu trotzen, hatte Hans als persönliche Kränkung empfunden. Und obwohl seine Frau darauf hingewiesen hatte, dass die Sachen doch nun alle sicher im Bungalow waren und man die Strecke bis zum Auto bequem zu Fuß gehen konnte, hatte er nicht eher geruht, bis er die Fahrbahn bis zum Haus freigeschaufelt hatte. Das Ganze hatte zwar neunzig Minuten gedauert, und die Familie hatte ohne ihn Kaffee trinken müssen, aber das war er sich schuldig gewesen. Nun stand der Wartburg, wie sich das gehörte, ordentlich geparkt vor dem Bungalow. Zufrieden sah Hans durch das Fenster auf das winterliche Gelände wie ein Feldherr, der alles Kommende durchdacht hatte und sich seines Sieges sicher war.

Nachdem er sich warm angezogen hatte, nahm Hans die Autoschlüssel und verließ den Bungalow. Die Luft war klar und frostig kalt. Mit einem eleganten Wendemanöver fuhr er vom Parkplatz zunächst zum Bäcker, wo er frische Brötchen und ein Rosinenbrot erstand. Mmmhhh, wie das duftete! Hans' Stimmung war sonnig wie dieser Tag. Nachdem er die Einkäufe in seinem Stoffbeutel verstaut hatte, fragte er die Verkäuferin, wo man denn in dieser Gegend Ski ausleihen könne. „Na hier im Ort nicht!", antwortete diese. „Höchstens in F., wo es auch ein Kurzentrum gibt. Aber ich glaube nicht, dass Sie dort noch welche bekommen! Die sind meistens alle raus!", ergänzte die Bäckerfrau noch in entmutigendem Tonfall. Solche Ansagen hatten bei Hans jedoch grundsätzlich den gegenteiligen Effekt. Als hätte die Frau ihn zum Wettkampf herausgefordert, beschloss er, sofort nach F. zu fahren und die Ski zu besorgen. Das wäre doch gelacht! Unter Ausnutzung der vollen Motorleistung und den verschneiten Straßen zum Trotz traf er dreißig Minuten später in F. ein, wo er sich hartnäckig zu einer Ausleihe in der Nähe des Kurzentrums durchfragte. Na bitte! Als Hans an der Ausleihe eintraf, wies ihn ein Schild darauf hin, dass diese um acht Uhr öffnen würde, mithin in einer halben Stunde. Hans überbrückte die Zeit, indem er die erste Zigarette des Tages rauchte und ein Stück vom Rosinenbrot abbiss.

Der Mann, der um acht Uhr fünfzehn eintraf, um den Skiverleih zu öffnen, war ein zu einem Schwätzchen aufgelegter Frührentner namens Gerd Siebert, „Nenn mich Gerd!". Gerd schwadronierte über das neue Kurzentrum, das Wetter und die veralteten Ski, von denen sich gerade noch vier Paare in der

Ausleihe befanden. „Alle anderen sind raus, haste Glück jehabt", fand Gerd und stellte drei Paar Ski mit Stöcken vor Hans hin. „Kennste dich denn damit aus?" fragte er. „Klar doch, ich bin Fachmann!", offenbarte Hans dem staunenden Gerd. Nun, das stimmte, wenn auch nur teilweise. Hans war Ingenieur für Kältetechnik und als solcher für die Konstruktion und die Erhaltung von Kühlhäusern in der ganzen DDR zuständig, weshalb er sich mit der Herstellung und dem Einsatz von Kälte durchaus auskannte. Auf Ski hatte er allerdings vor circa zwanzig Jahren das letzte Mal gestanden. Sein Wissen über den edlen Sport beschränkte sich im Wesentlichen auf die Kenntnis der Erfolge seines Landes auf diesem Gebiet und das, was er in diversen Berichterstattungen im Fernsehen aufgeschnappt hatte. Aber mit den feinen Unterscheidungen zwischen Wissen und Können gab sich Hans grundsätzlich nicht ab. Daher forderte er Gerd im Ton eines in alle Finessen eingeweihten Skifahrers auf, ihm noch eine Büchse Skiwachs zu verkaufen. Gerd nickte anerkennend, griff unter die Theke und förderte eine Schachtel mit einem Wachsstift zu Tage. „Den kassier ich gleich, den Rest bei Rückgabe", sagte er und schrieb sich Hans' Personalien von dessen Ausweis ab. Fröhlich pfeifend lud Hans seine Erwerbungen in den Wartburg und fuhr zurück nach B., wo er bei seiner staunenden Familie zunächst Erleichterung auslöste, denn man hatte ihn bereits vor über einer Stunde zurück erwartet, und dann helle Begeisterung ob seiner Besorgungen. Zufrieden sonnte sich Hans in seinem Erfolg.

Nach einem ausgiebigen Frühstück nahm Hans seine Ski und die der Kinder und begab sich zu der Werkbank, die sich im Wirtschaftsraum des Bungalows befand. Skiregel Numero eins war völlig klar: Ein Ski musste vor allem gut gewachst sein, damit er wie von selbst durch den sich in alle Richtungen ausdehnenden Winterwald glitt. Fachmännisch nahm Hans zunächst die Ski der Kinder, prüfte die raue Auflagefläche und rieb sie mit dem Wachsstift gründlich ein. Allerdings beschloss er nur eine dünne Wachsschicht aufzutragen. Ein zu schneller Ski barg eine gewisse Verletzungsgefahr in sich. Und schließlich waren die Kinder unerfahren im Umgang mit Brettern und Stöcken, denn zu Hause lud die flache Umgebung kaum zum Skifahren ein.

Anschließend nahm sich Hans seine eigenen Ski vor. Nachdem er eine Wachsschicht aufgelegt hatte, zog er diese ab und beschloss hiernach vorsichtshalber eine weitere Schicht aufzutragen. Zwar hatte auch er wenig Erfahrungen im Umgang mit den Ski, jedoch war er schwerer als die Kinder, weshalb die Ski seiner Meinung nach mehr Gleitstärke brauchten. Außerdem war er schließlich durchtrainiert und traute sich die Beherrschung der Bretter allemal zu.

Die Kinder waren begeistert und wollten sofort hinaus in den Schnee. Lächelnd half ihnen Hans, die Ski anzulegen, während seine Frau darauf achtete, dass Handschuhe, Schal und Mütze zum Einsatz kamen. Dann tobten die beiden davon. Hans beschloss, noch ein bisschen zu arbeiten, und begann aus seiner Aktenmappe Papiere auszubreiten, während seine Frau sich an die Vorbereitung des Mittagessens machte.

Am frühen Nachmittag fand Hans, dass es nun Zeit für einen eigenen Skiausflug war. Nachdem die Kinder begeistert und vom Schnee verkrustet in den Bungalow zurückgekehrt waren, hatte er die vage innere Sehnsucht verspürt, es ihnen gleich zu tun, allein auf sich gestellt durch die teilweise unberührte Natur zu gleiten, sie zu erobern und zu genießen. Nach dem Mittagessen und einer Ruhepause war nun der richtige Moment. Die Kinder hatten keine Lust mehr, draußen herumzutoben, und hatten ein Brettspiel hervorgeholt, und die Frau hatte es sich mit einem Buch gemütlich gemacht. Die Sonne stand noch relativ hoch am Himmel, als Hans in euphorischer Stimmung seine Skiwanderung antrat.

Er passierte zunächst die letzten Häuser der Siedlung und wandte sich nach links. Hier führte ein leichter Abhang in einen großen Tannenwald hinunter. Dank seiner frisch gewachsten Ski entwickelte er zu seiner zunächst noch freudigen Überraschung ein erstaunliches Tempo. Die anfängliche Euphorie ließ jedoch mit jedem Meter, den Hans zurücklegte, merklich nach. Obwohl die Abfahrt sich nur circa dreißig Meter bei einer relativ geringen Neigung hingezogen hatte, hatte er am Ende der Strecke eine solche Geschwindigkeit entwickelt, dass sich eine Kollision mit den sich überraschend schnell nähernden Tannen nur dadurch vermeiden ließ, dass er sich in den frischen Pulverschnee warf. Halb verärgert und ein wenig verwundert rappelte Hans sich auf und sah sich um. Gott sei Dank hatte niemand sein kleines Missgeschick bemerkt. Nun ja, er musste sich schließlich erst an die Ski gewöhnen. Körper und Sportgerät mussten sich aufeinander einspielen. Es hieß wie immer in solchen Fällen, nicht gleich die Flinte ins Korn zu werfen, sondern auf das eigene Können zu vertrauen. Hans beschloss, eine extra große Schleife durch den Wald und um die vor ihm liegenden Berge zu laufen. Die kleinen Anfangsmissgeschicke hatte er nun hinter sich gelassen und es war Zeit, sich dem großartigen Skisport ganz hinzugeben. Für diese Runde würde er ungefähr anderthalb Stunden brauchen und somit um vier, rechtzeitig vor dem Dunkelwerden, zu Hause sein.

Eine Stunde später hatte Hans die erste Hälfte der Strecke absolviert und musste sich eingestehen, sowohl sein Können als auch die Länge der Strecke falsch eingeschätzt zu haben. Die Sonne stand schon bedenklich tief, weshalb er Bodenwellen immer schlechter sehen konnte, was auf dem nicht gespurten Gelände bereits zwei Stürze nach sich gezogen hatte. Außerdem hatte das gründliche Wachsen seiner Ski dazu geführt, dass er zwar an jeder Abfahrt ordentlich Tempo vorlegte, zwei weitere Stürze inbegriffen, jedoch auf dem nachfolgenden Anstieg erheblich Zeit verlor. Immer wieder drohten die Ski wegzurutschen, weshalb man vornüber in den Schnee greifen oder sich an Bäumen festhalten musste, um das Gleichgewicht wiederzu-finden. Das kostete Zeit! Natürlich hätte Hans, nachdem er die Folgen seines zu heftigen Wachsens bemerkt hatte, bereits vor einer halben Stunde umkehren können und säße jetzt wahrschein-lich wohlbehalten zu Hause. Aber das wäre einem Aufgeben gleich gekommen, ein Wort, das in seinem Wortschatz nicht vorkam. Er hatte sich die Skiwanderung vorgenommen und würde sie auch zu Ende bringen. Punkt. Energisch klopfte sich Hans den Schnee von der Kleidung, atmete tief durch und nahm die zweite Hälfte der Strecke in Angriff, während die Sonne hin-ter den Bäumen verschwand.

Als eine weitere Stunde später die Dunkelheit über den idyllischen Gebirgsort hereingebrochen war, stand Hans' Frau bereits seit zwanzig Minuten am Fenster und spähte immer wieder unruhig auf die beleuchtete Zufahrt des Bungalows. Hans hätte längst wieder da sein müssen. Bei der Dunkelheit sah man doch im Wald gar nichts mehr. Wenn er sich nun verlaufen hatte? Oder schlimmer, irgendwo mit gebrochenem Bein lag und sich nicht helfen konnte? Aber was konnte sie machen? Sie hatte ja noch nicht mal Ski. Hans' Frau war der Meinung gewesen, mit bald vierzig Jahren müsse sie das Skifahren nicht mehr lernen. Außerdem hatte sie keine Lust, unsicher, wie sie sein würde, auf der Piste zurückgelassen zu werden, während ihr Mann im Wett-kampf gegen sich selbst davon stob. Dann lieber lesen und ab und zu ein bisschen rodeln gehen. Wieder versuchte sie mit den Augen die Dunkelheit zu durchdringen – nichts. Ob sie die Kinder auf die Suche schicken sollte? Die waren immerhin zu zweit und hatten Ski. „Kommt Kinder, zieht euch mal an und sucht Vater! Der müsste doch längst wieder da sein", bat sie, löste damit aber keine Begeisterung aus. „Man sieht doch gar nichts mehr im Wald!", protestierten sie, begannen sich jedoch nach einem halb mahnenden, halb bittenden Blick unter Gemurre und Gestöhne anzuziehen. „Mann Mutti, Vati kann sonstwo sein, du kennst ihn doch!", ließ sich die Tochter vernehmen und gab damit zu erkennen, dass ihr der vatereigene Wettbewerbs-gedanke nicht entgangen war. Hans' Frau seufzte und drückte den Kindern eine Taschenlampe in die Hand. „Nun macht schon! Wenn nun was passiert ist?". Schnatternd und kichernd liefen die Kinder los.

Auf der zweiten Hälfte der Strecke hatte Hans seine Kraftre-serven mobilisiert, die vor allem aus einem eisernen Durch-haltewillen bestanden. Nach einer Dreiviertelstunde war er am Fuße des Berges angekommen, auf dem, wie er wusste, der Bungalow lag, und hatte eine Art Triumphgefühl empfunden. Er hatte sich nicht unterkriegen lassen. Nun noch dieser Anstieg und dann Schluss. Oben konnte er sich in der Bewunderung von Frau und Kindern sonnen und sein wohlverdientes Abendbrot ge-nießen. Unglücklicherweise war der Aufstieg gut einhundert Meter lang und inzwischen spiegelglatt. Das Verschwinden der Sonne hatte ein deutliches Sinken der Temperatur nach sich gezogen, mit der Folge, dass der zuvor leicht angetaute Schnee übergefroren war. Diese Eisschicht im Verein mit den gut gewachsten Ski bewirkte, dass Hans nach etwa fünfzig Metern ins Rutschen kam und den Hang in Bauchlage wieder herunter-sauste. Ärgerlich wechselte er vom V-Stil in den Seitwärts-Stil, bei dem die Ski parallel aufgesetzt wurden. Diesmal schaffte er immerhin fast siebzig Meter. Dann rutschte ihm der untere ab-stützende Ski nach vorne weg und setzte seine erneute Talfahrt in Gang. Diesmal allerdings auf dem Allerwertesten. Laut fluchend rappelte sich Hans aus dem Schnee hoch und beschloss, die Ski abzuschnallen. Mittlerweile war es stockdunkel. Nur der Mond sorgte für ein wenig Licht. Hans sah sich um. Eigentlich kannte er den Rest der Strecke. Aber plötzlich meldete sich die Unsicherheit, die schon den ganzen Ausflug auf ihre Chance gelauert hatte und nun Morgenluft witterte. Laut fluchend rappel-te sich Hans aus dem Schnee hoch und beschloss, die Ski abzuschnallen.

Mittlerweile war es stockdunkel. Nur der Mond sorgte für ein wenig Licht. Hans sah sich um. Eigentlich kannte er den Rest der Strecke. Aber plötzlich meldete sich die Unsicherheit, die schon den ganzen Ausflug auf ihre Chance gelauert hatte und nun Morgenluft witterte. War der Weg den Hang hinauf direkt vor ihm? Oder war er durch den Sturz vom Weg abgekommen? Aber die Unsicherheit hätte es besser wissen müssen. Mit einem entschlossenen „Auf geht es" wurde sie überrollt. Schließlich hatte Hans sich noch immer und überall zu helfen gewusst! Entschlossen schulterte er Ski und Stöcke, holte tief Luft und begann auf dem Teil des Berges, den er für den Waldweg hielt, langsam bergan zu steigen.

Als Hans die Hälfte der Strecke bewältigt hatte, rutschte er diesmal auf den glatten Schuhsohlen aus und griff in den Schnee. Dadurch entglitt ihm der oben liegende Stock und sauste talabwärts. Hans keuchte. Wütend versuchte er die Ski und den zweiten Stock durch die Eisdecke in den Boden zu rammen, um sich auf die Suche nach dem ersten Stock machen zu können. Der Stock und ein Ski blieben wie beabsichtigt stecken. Der andere Ski war jedoch nicht tief genug eingebohrt. Deshalb fiel er zu Boden, beschloss dort, dem ersten Stock zu folgen und verschwand in der Dunkelheit. Schlitternd und fluchend kämpfte sich Hans den Hang herunter, wo er circa zehn Minuten brauchte, um Stock und Ski wiederzufinden. Beides geschultert, begann er erneut bergan zu steigen. Wenn nur nicht die Schuhe so rutschig gewesen wären. Hans beschloss möglichst langsam zu gehen, um ein erneutes Ausgleiten zu verhindern. Vorsichtig, das Gewicht richtig verlagernd, setzte er einen Fuß vor den anderen. Wie spät es wohl sein mochte? Hans schätzte, dass er bisher mindestens zwanzig Minuten an diesem Berg verplempert hatte, na wohl doch eher dreißig. Da plötzlich, im Schein des Mondes sah er Ski und Stock stecken. Vorsichtig zog er beide aus dem Schnee und legte sie über die Schulter. Wenn jetzt bloß nichts mehr passierte! Verbissen setzte Hans seinen Aufstieg fort, als ihn der gleißende

Lichtstrahl einer Taschenlampe ins Gesicht traf. „Macht ihr wohl das Licht aus!", rief er empört, als er ein Tuscheln „Da ist er!" vernahm. Dann ein Gekicher. Die Kinder! Hans atmete durch. „Bin gleich oben!", verkündete er nun mit einer Stimme, die vermitteln sollte, dass er ganz Herr der Situation sei und dass es nichts Schöneres gebe, als bei völliger Dunkelheit einen vereisten Hang hinaufzulaufen. Erneutes Gekicher! Jetzt bloß keine Schwäche zeigen, sagte sich Hans und versuchte seinen Gang federnd zu gestalten. Gott sei Dank wandten die Kinder sich nun ab. „Wir sagen Mutti Bescheid!", riefen sie noch und Hans war wieder allein. Er setzte die Ski ab und stöhnte. Puuuhhh! Ächzend klemmte er sich Bretter und Stöcke unter den linken Arm, während er sich mit der rechten Hand an den Bäumen, die den oberen Hang säumten, festhielt. Nach weiteren zehn Minuten erreichte er den Kamm des Hügels, wo er Bretter und Stöcke erst einmal fallen ließ. Seine Absicht, sie noch einmal anzuschnallen, verwarf er auf Grund völliger Erschöpfung. Ski und Stöcke lustlos hinter sich herziehend erreichte Hans schnaufend den Bungalow. Glücklicherweise war niemand zu sehen. Hans' Frau hatte, eine Niederlage ihres Olympioniken ahnend, die Kinder, die den Zieleinlauf hatten verfolgen wollen, vom Fenster vertrieben und an den Abendbrottisch verfrachtet. Nachdem er die Sportgeräte abgestellt hatte, wartete Hans, bis sich sein Atem beruhigt hatte. Die Zeit nutzte er, um den Schnee von Kleidung und Schuhen zu streifen und sich seine zahlreichen schmerzenden Stellen zu reiben. Dann straffte Hans die Schultern, richtete sich zu seiner vollen Größe auf und öffnete schwungvoll die Tür.

Beim nun folgenden Abendbrot langte Hans kräftig zu und unterhielt seine staunende Familie mit der Geschichte, wie er ganz allein dem Zugriff von Eis und Schnee getrotzt hatte. Jeder Zoll ein Held.

Die Gabel

I.

Als Anna auf den Klingelknopf am Haus der Großeltern drückte, war es fünf nach Zwölf und sie war außer Atem, weil sie die letzten Minuten im Dauerlauf zurückgelegt hatte. Das war keine leichte Sache, wenn man einen gut gefüllten Rucksack auf dem Rücken trug, in dem sich Wechselsachen, ein Buch, eine Kultur-tasche und eine Packung Konfekt befanden, und wenn man außerdem bergan laufen musste. Die Großeltern wohnten am Rande von Falkerode, einer kleinen schmucken Stadt im Harz, fast ganz oben auf einer Anhöhe. Jedes erste Wochenende im Monat kam Anna am Sonnabend zum Mittagessen und blieb bis zum Sonntagskaffee. Jedenfalls solange sich Anna erinnern konnte. Früher, als sie kleiner war, hatten sie selbst-verständlich die Eltern gebracht. Aber seit sie die fünfte Klasse besuchte, durfte sie allein gehen. Von der elterlichen Wohnung bis zum Haus der Großeltern dauerte der Fußweg so ziemlich genau fünf-zehn Minuten. Weil Anna jedoch gerne bummelte und sich die Auslagen der Schaufenster auf dem Marktplatz ansah, war sie schon um viertel zwölf aufgebrochen und hatte so für ihren Weg genügend Zeit gehabt. Aber sie war in der Buchhandlung gewesen. Die Buchhandlung in der Nähe des Marktplatzes war für Anna ein magischer Ort. Einmal hatte Annas Vater versucht, ihr die Relativitätstheorie, wie er das nannte, zu erklären. Die war Anna eigentlich ganz einfach vorgekommen, obwohl ihr Vater behauptet hatte, sie sei wohl noch zu kompliziert für sie. Sie hatte jedenfalls sofort verstanden, dass Zeit unterschiedlich sein konnte. Für den einen waren es fünf Minuten, für den anderen eine Stunde. Was sollte daran wohl schwierig sein. Denn schließ-lich passierte ihr das in der Buchhandlung fast jedes Mal. So auch heute. Obwohl Anna hätte schwören können, dass sie höchstens ein paar Minuten in dem Geschäft verbracht hatte, um zwei, vielleicht auch drei Bücher zu betrachten, war eine halbe Stunde vergangen gewesen, als sie den Laden verlassen hatte. Danach war sie zunächst im Eilschritt weitergelaufen, der dann in einen leichten Trab und zum Schluss in einen Dauerlauf übergegangen war.

Der Grund von Annas Eile lag in der Welt der Großeltern. Oma Gerda und Opa Erwin aßen jede Mahlzeit an jedem Tag ihres Lebens zur selben Uhrzeit. Frühstück um sieben Uhr dreißig, Mittag um zwölf und Abendbrot um sechs. Kaffeetrinken gab es nur an Sonn- und Feiertagen, dann aber pünktlich um fünfzehn Uhr. Keine Minute früher, keine Minute später. Wie ein Bauer am Stand der Sonne die Uhrzeit ablesen kann, hätte Anna anhand der Tätigkeiten der Großmutter in der Küche sagen können, wie spät es war. Zu Hause, bei ihren Eltern, wurde zu den unterschiedlichsten Zeiten gegessen. Das hing von so vielen Umständen ab, dass Anna sie niemals hätte alle aufzählen können. Wer Hunger hatte, wer zu Hause war, wer eine Diät machte (Anna niemals!), wer kochte und so weiter und so weiter. Nun, die Großeltern waren natürlich immer zu Hause und kochen tat immer die Großmutter, aber trotzdem war Anna noch nicht so ganz klar, weshalb nach einem Zeitplan gegessen wurde. Einmal hatte sie Oma Gerda gefragt, warum denn immer genau um zwölf Uhr das Mittagessen auf dem Tisch stehen würde. „Weil dann Essenszeit ist!", hatte die Großmutter erwidert und ein bisschen gelächelt. Mit einem „Und nun wasch dir die Hände!" hatte sie weitere Fragen von Annas Seite abgeschnitten.

Während Anna noch schnaufend da stand, öffnete die Großmutter die Haustür. „Das Essen steht schon auf dem Tisch! Nun aber rasch!", kommandierte sie, wobei ihr Gesicht eine Mischung aus Freude und leichter Missbilligung ausdrückte. Sie nahm Anna den Rucksack ab, schloss die Haustür und nickte in

Richtung Badezimmer. Anna lief schnell hinein, nahm die Seife vom Waschbeckenrand und begann sich Hände und Gesicht zu waschen. Dann trocknete sie sich mit dem Leinentuch, das wie stets am Türhaken hing, ab. Auf dem Handtuch befanden sich ein gesticktes G und ein gesticktes F, die ineinander verschlungen waren. Gerda Franke, der Name, den die Großmutter getragen hatte, bevor sie Opa Erwin geheiratet hatte. Das Gesicht im Leinentuch vergraben, nahm Anna mit geschlossenen Augen die stets gleichen Gerüche der großelterlichen Wohnung auf. Es roch nach der mit Kölnisch Wasser parfümierten Seife der Großmutter, den emaillierten Waschschüsseln, die hinter ihr auf einer Kommode standen, Bohnerwachs und Kasslerbraten. Hhhmm, Kasslerbraten. Wahrscheinlich mit grünen Bohnen und Kartoffeln! Anna hängte das Handtuch zurück und machte, dass sie in die Küche kam.

Die Großeltern saßen bereits vor gefüllten Tellern, als Anna zum Küchentisch trat. Mit einem „Hallo Opa!" drückte sie ihm einen Kuss auf die Wange und nahm ihren Stammplatz ein, der sich auf der Fensterbank gegenüber der Großmutter befand. Während Oma Gerda ihr die Bohnenschüssel herüberreichte, nickte Opa Erwin kauend in ihre Richtung und murmelte eine Begrüßung. Dann rückte er mit einem energischen Gabelhieb seiner beachtlichen Portion zu Leibe. Während Anna sich Bohnen, Fleisch und Kartoffeln auftat, dachte sie wie oft über ihre Großeltern nach. Sie waren so ganz anders als die Eltern. Dass die Eltern sich liebten, merkte man irgendwie. Der Vater nannte die Mutter manchmal „Schatz" oder „Liebling" und drückte ihr einen Kuss auf die Wange oder den Mund. Und die Mutter sagte einfach „Na, Du Süßer?" in einem so eigenartigen Tonfall, dass der Vater über beide Ohren strahlte. Manchmal nahm sie den Vater auch in den Arm, wenn der gestresst war, oder massierte seine Schultern. Bei den Großeltern kam so etwas niemals vor. Nun ja, jedenfalls nicht, wenn sie dabei war. Ob die sich wohl küssten, wenn sie allein waren? Na, das gehörte zu den

Dingen, die Anna lieber nicht fragte. Nicht einmal Oma Gerda, obwohl sie der sonst gerne mal Löcher in den Bauch fragte. Die würde ihr im Zweifel sowieso nicht antworten, sondern höchstens mit einem Lächeln in den Augen, aber unter Kopfschütteln sagen: „An was für Sachen du so denkst!" Weiter würde aus ihr nichts herauszukriegen sein. Am besten, sie fragte mal ihren Vater. Schließlich waren Oma und Opa seine Eltern. Als Anna bei diesen Gedanken angekommen war, fragte die Großmutter: „Und wie läuft es in der Schule?" Diese Frage stellte sie eigentlich jedes Mal am Mittagstisch. In der einen oder anderen Variante. Um den Großeltern eine Freude zu machen, berichtete Anna von ihrer Zwei in Mathematik und einem Biologieprojekt „Vögel in Wald und Flur", für das sie eingeteilt war. Opa Erwin war früher Buchhalter gewesen und wiegte anerkennend den Kopf, als sie von ihrer Zwei berichtete.

Als der Nachtisch auf den Tisch gestellt wurde, heute ein Schokoladenpudding, den Oma Gerda mit Kakaopulver und einem Schuss Sahne verfeinerte, verschwand Opa Erwin wie immer hinter seiner Zeitung. Süßkram war ihm verhasst. Mit einem Augenzwinkern stellte Oma Gerda ein gut gefülltes Schüsselchen vor Anna hin und gab ihr einen Löffel. Dann begann auch sie sich eine wesentlich kleinere Portion genieße-risch in den Mund zu schieben. Anna zwinkerte zurück. Einen Moment lang herrschte Stille. Nun ja, beinahe. Man hörte das Klirren der Löffel im Glasschälchen, das Rascheln der Zeitung und das Zwitschern der Vögel im Garten. Dann begann Opa Erwin, einer langen Tradition folgend, die gelesenen Artikel zu kommentieren. Dabei verteilte er Lob und Missbilligung gleich-ermaßen, je nachdem, worüber die Zeitung gerade berichtete. Artikel über Einsparungen, über Maßnahmen zur Bekämpfung von Straftaten und über den Sinn althergebrachter Traditionen und Verhaltensweisen beispielsweise erhielten meist Zustim-mung und Unterstützung, während Berichte über moderne Musik, Steuerverschwendung oder darüber, was Annas Mutter als

Tratsch und Klatsch bezeichnet hätte, ein vernichtendes Urteil über sich ergehen lassen mussten. Dem Mittagsbrauch folgend sagten weder Oma Gerda noch Anna etwas zu diesen Kommentaren. Nur wenn der Großvater die Großmutter auffordernd ansah, schüttelte diese, je nach dem, was gerade gefragt war, betrübt den Kopf oder nickte zustimmend. Mehr erwartete Opa Erwin auch nicht, sondern fuhr mit seinen Darlegungen ungebremst fort.

Heute hatte sich der Großvater an einem Artikel festgebissen, in dem über eine Wunderheilung berichtet wurde. „Die verkaufen den Leuten doch wirklich jeden Plunder!", schimpfte Opa Erwin aufgebracht. „Und den dummen Opfern wird das Geld aus der Tasche gelockt!" „Wunder! Pah! Wissenschaft, die ist das Wunder!" erklärte er kategorisch und schüttelte die Zeitung ärgerlich, als könne er so dem Artikel zu Leibe rücken. Dann sah er die Großmutter um Unterstützung heischend an. Diese nickte jedoch zu Annas Überraschung nicht, sondern sah den Großvater fast tadelnd an. „Gott heilt!", sagte sie dann ruhig, aber bestimmt, und Anna war sprachlos. Normalerweise ließ Oma Gerda dem Opa immer seinen Willen, immer! Sie widersprach nie. Was sie wirklich dachte, konnte man sich höchstens aus der Art, wie sie mit dem Geschirr klapperte, dem Ausdruck ihrer Augen und dem Schürzen ihrer Lippen zusammenreimen. Und von Gott hatte sie, soweit sich Anna erinnern konnte, überhaupt noch nie gesprochen. Und nun sagte sie einfach „Gott heilt!", als verstehe sich das von selbst. Neugierig spähte sie zu Opa Erwin hinüber, wie der die Sache aufnehmen würde. Der Großvater machte große Augen und war offensichtlich ebenfalls sprachlos. Er ließ die Zeitung sinken und sah die Großmutter mit einer Mischung aus Erstaunen und Missbilligung an. Dann öffnete er den Mund, um etwas zu erwidern, sagte aber nichts. Nachdem er ein paar Mal die Lippen geöffnet und wieder geschlossen hatte, was an einen Karpfen erinnerte, stand er verärgert auf, warf die Zeitung auf das Küchenbuffet und verließ unter einem Gebrummel, dem jedoch mehrfach deutlich das Wort Gott zu entnehmen war, die Küche. Anna war perplex. War das ein Streit? Sie sah zur Groß-mutter. Aber diese hatte bereits begonnen, den Mittagstisch ab-zuräumen. Ihre Miene wirkte gleichmütig wie immer. Allerdings hätte Anna schwören können, dass sich in die Mundwinkel der Großmutter ein leises Lächeln geschlichen hatte.

Als Anna wenig später das Zimmer betrat, das sie bei den Großeltern bewohnte und das früher dem Vater gehört hatte, überlegte sie, ob an der bestimmten Aussage von Oma Gerda etwas dran war. Wenn sie oder ihre Eltern krank waren, gingen sie eigentlich immer zum Arzt und wurden auch wieder gesund. Auf der anderen Seite hatte sie von ihrer Mutter schon oft gehört, dass diese Kollegin oder jene Bekannte trotz Behandlung nicht gesund wurde. Nachdenklich beschloss sie demnächst im Internet zu recherchieren.

II.

Am Abend desselben Tages hatten sich Anna und ihre Groß-eltern vor dem Fernseher versammelt. Wie üblich hatte Opa Erwin, von gelegentlichen Ausnahmen abgesehen, eine jener Unterhaltungssendungen ein-gestellt, die Anna stets unmodern vorkamen, die aber wiederum zu den Großeltern passten und dadurch auch irgendwie in Ordnung waren. Der Vorteil einer Unterhaltungssendung, sagte Oma Gerda immer, sei, dass man unterhalten würde, aber sich nebenbei noch unterhalten könne. Gerade war eine Frau zu sehen, die einen sibirischen Tiger dressiert hatte. Danach war eine Opernsängerin angekündigt und ein Mann, der irgendwie mit Sonnenenergie arbeitete. Anna sah immer wieder zum Bildschirm. Zwischendurch naschte sie

Erdbeeren, die sie vorhin im Garten gepflückt hatte, und Schoko-ladenplätzchen, die in einer Schüssel auf dem Couchtisch standen. Manchmal sah sie auch auf die Hände ihrer Großmutter, die üblicherweise stopften, strickten oder häkelten. Heute waren ein Paar Topf-lappen an der Reihe. Nachdem die Frau mit dem Tiger verschwunden war, forderte der Moderator die Zuschauer mit dramatischer Stimme auf, sich für den übernächsten Beitrag eine Gabel zu besorgen. Der große Mister X würde alle Zuschau-er in die Lage versetzen, diese Gabel nur mit Hilfe der Sonnen-energie zu ver-biegen. Deshalb, mahnte der Moderator scherzend, solle man nicht das gute Familiensilber verwenden. Dann kündig-te er zunächst die Opernsängerin an.

„Was ist das denn nun wieder für ein Unsinn?", brummte Opa Erwin, nachdem der Ansager ausgeblendet worden war. „Darf ich eine Gabel haben, Oma?", fragte Anna fast gleichzeitig. Die Ankündigung über Mister X hatte sie aus ihrer Schläfrigkeit gerissen, in die sie zwischen Naschen, Fernsehen und Auf-dem-Sofa-dösen gerutscht war. Ein Experiment! Anna hatte keinen Zweifel, dass es gelingen konnte. Sonnenergie war schließlich auch nur Energie und mit Energie hatten sie im Physikunterricht schon Versuche unternommen. Eine Gabel verbiegen, das musste sie unbedingt ver-suchen! Erwartungsvoll sah sie die Großmutter an. „Von mir aus!", sagte Oma Gerda von ihrem Topflappen auf-blickend, „Aber hol dir eine aus der Küche, die sind nicht so wertvoll! Was, wenn die doch am Ende verbogen ist!", fügte sie hinzu. „Da hört doch wohl alles auf!", fuhr der Großvater dazwi-schen. „Setze dem Kind doch nicht solche Flöhe ins Ohr! Mit der Sonnenergie eine Gabel verbiegen. Pah! Warum nicht gleich ein Kraftwerk installieren?", fuhr er empört fort. Dann stand er auf und entnahm dem Wohnzimmerschrank die Schachtel mit dem guten Silberbesteck. „Aber Erwin!", meinte die Großmutter in besorgtem Tonfall. Opa Erwin ließ sich dadurch jedoch nicht aufhalten, sondern holte eine Silbergabel hervor, die er Anna mit einer leichten Verbeugung überreichte. „Verbiege sie nur, mein

Kind!", fügte er in einem Tonfall hinzu, der zum Ausdruck brachte, dass er es für ganz und gar unmöglich hielt. „Allerdings ist die Sonne gerade hinter dem Wald verschwunden!", fügte er nach einem Blick aus dem Fenster in, wie Anna fand, leicht schadenfrohem Tonfall hinzu. „Wenn es nicht klappt, wird es wohl daran liegen!" Anna sah zur Großmutter herüber. Diese erwiderte ihren Blick, seufzte und zuckte leicht mit den Schultern. „Nun mach dir keine Sorgen!", sagte Opa Erwin zu ihr. „Nichts wird passieren, gar nichts!"

Nachdem die Opernsängerin ihren letzten Ton gesungen hatte, wurde die Stimme des Moderators dramatisch. Opa Erwin drehte den Ton etwas lauter, um sich kein Wort entgehen zu lassen. „Begrüßen Sie mit uns Mister X, der Sie in die Lage versetzen wird, einen Knoten in ihr Besteck zu zaubern!", rief der Ansager nun, und unter dem Beifall des Publikums trat ein Mann in Jeans und Jackett auf die Showbühne. „Zaubern kann ich aber nicht! Ich nutze nur die Kräfte des Universums!", erklärte Mister X, nachdem ihn der Moderator vorgestellt hatte. Dann plauderten beide noch ein bisschen darüber, woher der Mann kam und wie er die Kräfte entdeckt hatte. Anna hörte gebannt zu. Nun forderte der Ansager Ruhe und aus dem Fernseher tönte nur noch die Stimme des Mister X. Dieser forderte die Zuschauer zunächst auf, die Augen zu schließen und sich zu entspannen. Anna schloss ihre Lider und ließ sich in das Polster des Sofas sinken. Die Stimme von Mister X war zugleich bestimmt, aber auch irgendwie einschläfernd, so dass es Anna nicht schwer fiel, sich ganz auf die Sonne und ihre Energie zu konzentrieren. Je länger Mister X sprach, desto wärmer wurden Annas Körper, ihre Arme und Hände. Sie spürte ein angenehmes intensives Kribbeln an den Handflächen und in den Füßen, ein Gefühl, als würde sie fast schwerelos sein, und konzentrierte sich ganz auf den Sonnenball, der jetzt nach den Vorgaben von Mister X in ihren Händen lag. So also fühlte sich ein Stück Sonne an.

Als Mister X sie nun aufforderte, die Sonnenenergie in die Gabel fließen zu lassen, nahm Anna ihre Hände mit dem Sonnenball und hielt sie direkt über die Gabel, die vor ihr auf dem Tisch lag. Die Wirkung war erstaunlich. Als bestünde die Gabel aus Butter, sank sie in sich zusammen und sah nun aus wie Schokolade, die man zu lange auf ein Fensterbrett gelegt hatte. Annas Herz jubelte. Das war sie! Ihre Sonnenenergie! Noch einmal konzentrierte sich Anna auf die Gabel, die noch ein bisschen platter wurde. Dann zog sie ihre Hände zurück und sah auf die Gabel, die nun wieder erstarrte. Erstarrt waren auch die Gesichter ihrer Großeltern, die ebenfalls auf die Gabel sahen, allerdings mit deutlich weniger Enthusiasmus. Während aus dem Fernseher das begeisterte Klatschen des Publikums zu hören war, gab die Großmutter einen Laut von sich, der an das Quieken eines Meerschweinchens erinnerte. Der Großvater betrachtete die verbogene Gabel mit einer Missbilligung, als stellte das gelungene Experiment einen persönlichen Affront gegen ihn dar. Zum zweiten Mal an diesem Tage öffnete er den Mund nur, um ihn dann wieder zu schließen. Dann stand er mit einem Ruck auf, schaltete den Fernseher ab und verließ das Zimmer. Oma Gerda betrachtete die Gabel. „Ob die ein Goldschmied wohl wieder hinkriegt?", fragte sie seufzend und stupste sie vorsichtig an. Die Gabel klirrte ein wenig. „Ich glaube schon!", sagte Anna, hauptsächlich, um die Großmutter zu trösten. Ich hätte eben doch eine alte Gabel nehmen sollen, dachte sie. Dann gab sie Oma Gerda einen Gutenachtkuss auf beide Wangen, weil sie irgendwie das Gefühl hatte, die Großmutter könne jetzt ein bisschen Liebe gebrauchen.

Als sie in ihrem Bett lag, schaute Anna noch lange auf ihre Hände, die noch immer ein bisschen kribbelten. Das Gefühl, eine kleine Sonne in den Händen zu haben, war überwältigend gewesen. Kurz vor dem Einschlafen ließ sie ihre Hände, die ihr jetzt wie zwei neue, bisher unentdeckte Planeten vorkamen, vorsichtig auf das Bett sinken.

III.

Anna erwachte traditionsgemäß am späten Sonntagvormittag. Als sie noch ein Kindergartenkind gewesen war, war sie immer mit den Großeltern um sieben Uhr aufgestanden, bereit, den Tag endlich in Angriff zu nehmen. Seit sie jedoch zur Schule ging, hatte sie sich zum Siebenschläfer entwickelt, wie ihr Vater immer stichelte. Oma Gerda hatte sie in Schutz genommen. „Das Kind muss doch auch mal ausschlafen!", hatte sie gesagt „Bei dem, was die von den Kindern heute alles verlangen! Als wenn die schon ihren Doktor machen sollen! Ganz dünn ist die Anna vom vielen Lernen!", hatte sie fast aufgebracht hinzugefügt, und bei dem Tonfall hatten weder der Vater noch Opa Erwin Widerspruch erhoben. Als Anna die Küche betrat, holte die Großmutter wie immer ein sorgfältig warmgehaltenes Ei aus einer Wolldecke, stellte Butter und selbst gekochtes Gelee vor sie hin und begann gleichzeitig Brot zu rösten und Kakao zu kochen. Anna seufzte in Anbetracht des bevorstehenden Genusses laut und begann das Ei aufzuklopfen. Während sie aß, bereitete Oma Gerda das Mittagessen vor. Kohlrouladen! Anna seufzte erneut! Wo wohl Opa Erwin steckte? Gewöhnlich kam er unter diesem oder jenem Vorwand herein, wenn Anna frühstückte, und aß, natürlich nur so zur Gesellschaft, noch einmal zwei bis drei Scheiben Brot, was von Oma Gerda nicht gern gesehen und deshalb mit einem strafenden Blick bedacht wurde. „Anna frühstückt nicht gern allein, stimmt's, Kind?", sagte Opa dann immer und zwinkerte Anna zu. „Großvater ist in der Garage!", sagte die Großmutter plötzlich, als hätte sie Annas Gedanken gelesen, „Er repariert die Gabel!" Und richtig, jetzt, wo Oma Gerda es gesagt hatte, vernahm Anna ein rhythmisches metallisches Klirren, so wie bei einem Schmied, dem sie schon im Fernsehen zugeschaut hatte.

Anna beschloss in den Garten zu gehen und dem Großvater einen Besuch abzustatten. So ein bisschen schuldig fühlte sie sich schon. Immerhin hatte sie ja die Gabel verbogen. Oder war das die Sonne gewesen? Oder sie beide? Nachdem sie ihr Frühstück beendet hatte, trug sie das Geschirr zur Spüle, schlüpfte in ihre Gartenschuhe und verließ das Haus. Die Sonne stand hoch und heiß am Himmel. Wie ein nie endendes Feuer, dachte Anna und schlenderte zur Garage, aus der wieder das Klirren zu vernehmen war. Als Anna durch die offen stehende Tür spähte, beschloss sie, ihren Groß-vater besser nicht anzusprechen. Opa Erwin hatte den Blick eines Menschen, der weiß, dass er auf der Verliererstraße ist, es aber nicht einsehen kann oder will. Mit einem verbissenen Gesichtsausdruck hämmerte er auf die in seinen Schraubstock eingespannte Gabel ein, obwohl sogar Anna, die es im Werk-unterricht immer gerade so auf eine Drei gebracht hatte, klar war, dass man die Gabel allein mit dem Hammer nicht wieder hin bekommen würde. Anna kannte diesen Blick. Wenn ihr Vater, nachdem er fünf Stunden versucht hatte, einen IKEA-Schrank aufzubauen, inmitten einer Wüste von Einzelteilen stand, die er mit eben jenem Blick musterte, suchten alle, die irgendwie konnten, das Weite. Andernfalls würde sich das Gewitter, das sich gerade zusammenbraute, über einem selbst entladen. Vorsichtig trat Anna den Rückzug an und begann durch den Garten zu bummeln. Als sie vor das Haus gelangt war, lief sie auf den Gartenzaun zu, um auf die Straße zu sehen. Ob die Eltern wohl schon kamen? Am Gartentor blieb sie stehen und blinzelte in die Sonne. Dabei fiel ihr ein, dass das Tor aus Metall war, Metall, das man zum Schmelzen bringen konnte. Anna betrachtete ihre Hände und schaute erneut zur Sonne. Wenn sie schon eine Gabel verbogen hatte, obwohl die Sonne bereits untergegangen war, was war dann erst möglich, wenn sie einem direkt in das Gesicht schien? Anna schloss die Augen und konzentrierte sich auf den Sonnenball in ihren Händen, Ja, ja jetzt stellte sich das Gefühl ein. Ihre Hände wurden heißer und sie spürte die Energie wie ein lebendiges Wesen gegen ihre Handflächen branden. Nun musste sie die Kugel aus den Händen auf den Zaum gleiten lassen. „Hallo schöne Frau, warum so ernsthaft?", tönte da plötzlich die Stimme des Vaters und holte Anna aus ihrer Versenkung. Erschrocken riss Anna die Augen auf, fuhr mit ihren Händen hinter den Rücken und starrte ängstlich auf den Gartenzaun. Was hatte sie sich nur gedacht? Was würde Opa Erwin sagen? Was, wenn der Vater seine Hand in Metall tauchen musste? Gott sei Dank sah der Zaun aus wie immer. Und während Anna mit leicht zittriger Stimme lachte und behauptete, nur an ihren lieben Vati gedacht zu haben, kamen die Eltern durch die Gartentür und schlossen sie der Reihe nach in die Arme. Von dem Begrüßungslärm angelockt kam nun Opa Erwin aus seiner Garage herüber und hieß die Eltern seinerseits willkommen. „Was hast du denn da?", fragte die Mutter Opa Erwin plötzlich und zeigte auf vier Zinken, die aus dessen Hemdtasche herausschauten. „Ähm, ähm, ach, nichts!", sagte Opa Erwin und winkte ab. „Nur eine alte Gabel!", fügte Oma Gerda, die nun ebenfalls aus dem Haus gekommen war, augenzwinkernd hinzu. Und während die Sonne alle warm beschien und Anna noch einmal zublinzelte, betraten sie gemeinsam das Haus.

Der Schnee

(Eine Geschichte aus dem Amtsgericht Karlstadt)

I.

Als das Messer den Klebestreifen und den Pappkarton durchtrennt hatte, stach es in die darunter befindliche Folie, weshalb etwas Heroin durch die Öffnung drang und auf den Tisch rieselte. Gott sei Dank habe ich eine Zeitung untergelegt, dachte der Täter, der stets umsichtig handelte. Er richtete sich auf und lauschte. Nichts zu hören. Vorsichtig durchtrennte er eine Außenwand des Kartons, klappte diese nach oben und holte das mehrfach in Folie eingewickelte Päckchen heraus. Achthundert Gramm bestes Heroin, Straßenverkaufswert siebzigtausend Mark. Mindestens. Vorsichtig klebte der Täter das kleine Loch, das das Messer gerissen hatte, wieder zu und legte das Päckchen in einen mitgebrachten Stoffbeutel. Der Stoffbeutel war aus DDR-Beständen und ließ vielleicht den Schluss zu, dass es sich um einen Gelegenheitstäter handelte, wogegen allerdings die Umsicht sprach, mit der er zu Werke ging.

Der Täter nahm jetzt eine zuvor sorgsam abgewogene und ebenfalls in Folie gewickelte Tüte Mehl zur Hand und begann sie an Stelle des Heroinpäckchens in den Pappkarton zu stopfen, wobei er einige Mühe hatte. Dann versiegelte er den Karton mit Klebeband und stellte ihn vorsichtig in den Asservatenschrank des Amtsgerichts Karlstadt zurück, dem er ihn entnommen hatte. Gewissenhaft verschloss er den Schrank und deponierte die Schlüssel wieder im zentralen Schlüsselkasten des Amtsgerichts, auf den eigentlich nur der Direktor, die Geschäftsleiterin und der Wachtmeister Zugriff hatten. Den Beutel mit dem Heroin versteckte er in einem leeren Schrank eines nicht benutzten Büros, den der Täter sorgfältig zusperrte. Dann steckte er den Schlüssel ein, vergewisserte sich, dass alle Spuren des Austausches beseitigt waren, und verließ das Gerichtsgebäude. Während die Uhr der Stadtkirche zweimal schlug, fuhr er mit einem gepflegten Rad davon.

II.

Vier Tage später lag das Päckchen, das nun mit Mehl gefüllt war, auf dem Tisch von Richter Winfried Müller. Genau genommen nicht auf seinem Tisch, sondern auf dem Tisch des Verhandlungssaals 1 des Amtsgerichts Karlstadt. Eigentlich wäre das nicht nötig gewesen, denn der Sachverständige, der bezeugen sollte, eben dieses Päckchen untersucht zu haben, und über Inhalt, Gewicht und Wert seiner Füllung Auskunft geben konnte, war ordnungsgemäß erschienen. Aber Winfried Müller, seit dreißig Jahren Strafrichter mit Leib und Seele, liebte eine gewisse Dramatik in seinen Verhandlungen. Stets erschien er – mit oder ohne Schöffen – fünf Minuten zu spät zur Verhandlung. Er betrat den Saal wie ein Duellant, schritt hoch erhobenen Hauptes zum Richtertisch und drehte sich dort mit einem Ruck, der bewirkte, dass seine Robe, die er nachlässig über dunkle Jeans und ein Hemd gestreift hatte, wie in einem Mantel- und Degenfilm zur Seite schwang. Die Farbe des Hemdes war auf Grund langjähriger Nutzung von reinem Weiß in einen cremefarbenen Ton gewechselt, was Winfried Müller jedoch nicht störte. Er und sein Hemd waren eben alte Haudegen. Er war der einzige Richter des Landgerichtsbezirkes, der regelmäßig sichergestellte Waffen und Tatwerkzeuge aller Art von der Staatsanwaltschaft anforderte, um sie dann in der Verhandlung den Tätern, der Öffentlichkeit und nicht zuletzt sich selbst mit dramatischer Geste zu präsentieren.

Seiner Ansicht nach sollten Beweisaufnahmen vor allem lebendig sein und kein Wettbewerb des logischen Denkens. Eine echte Nachstellung der Tat ersetzte nach Meinung von Winfried Müller die Hälfte aller Beweise. Mindestens! Aber leider sah die Strafprozessordnung so etwas nicht vor.

Heute verhandelte Winfried Müller die Anklage gegen Holger Kaufmann. Der war bei einer normalen Verkehrskontrolle mit einem Päckchen Heroin im Auto erwischt worden, von dem er behauptete, es noch nie gesehen zu haben! Natürlich! Das hatte Winfried Müller auf die Idee gebracht, das sichergestellte Heroin anzufordern und in der Beweisaufnahme vorzulegen. Schließlich handelte es sich nicht um ein unauffälliges Päckchen, das man mal eben so übersehen konnte. Heute Morgen hatte er selbst das Beweisstück aus dem Asservatenschrank entnommen, wobei ihn Frau Nickel, seine Geschäftsstellenbeamtin, ganz herausfordernd angesehen hatte. „Wozu brauchen Sie das denn?" hatte sie in einem Tonfall gefragt, der erahnen lassen sollte, dass alle Richter und ins-besondere er selbst ohne ihre Zustimmung eigentlich gar nichts dürften. Winfried Müller hatte sie nur angesehen. Tatjana Nickel war wie üblich kostspielig aufgedonnert, wobei er sich wirklich fragte, wie sie ihre ständig wechselnde große Toilette finanzierte. Um die Augen herum hatte die Nickel allerdings etwas müde gewirkt. „Wohl spät geworden gestern?", hatte er deshalb sarkastisch gefragt, aber die Nickel hatte sich davon nicht beeindrucken lassen. „Wüsste nicht, wen das etwas angeht!" hatte sie schnippisch geantwortet und die Tresortür mit einem Ruck zugeschlagen. Winfried Müller hatte ihr einen vernichtenden Blick zugeworfen, sich das Päckchen unter den Arm geklemmt und war ohne ein weiteres Wort aus dem Büro gegangen. Dann hatte er den Karton in den Gerichtssaal gebracht.

Später würde er es dem Angeklagten zeigen und ihn fragen, wie er DAS auf seinem Beifahrersitz übersehen konnte. Außerdem würde er den Schauder des Publikums erleben, wenn er verkünden würde, wie viele Jugendliche allein von dem Inhalt dieses Päckchens süchtig werden könnten. Schließlich reichten dafür schon einige Gramm aus.

Winfried Müller sah sich im Saal um, der wie immer gut gefüllt war. Neben ihm saßen die zwei Schöffen, links Staatsanwalt Boxberg, und rechts, als Verteidiger, Rechtsanwalt Klinge. Daneben, von zwei Wachtmeistern flankiert, der Angeklagte, vorgeführt aus der Untersuchungshaft. Das Drama konnte beginnen. Zunächst setzte Winfried Müller den eher verblüfften Angeklagten davon in Kenntnis, dass jeder Fluchtversuch sinnlos und zum Scheitern verurteilt sei, und forderte dann Wachtmeister Anton Hase im Ton eines huldvollen Königs auf, dem Gefangenen die Ketten abzunehmen.

Während er nun darauf wartete, dass das Klirren der Fußkette und das Klicken der Handschellen seine düstere Wirkung verbreitete, sah er sich die in seinem Theaterstück auftretenden Protagonisten genauer an. Ja, eine Gerichtsverhandlung war ein Theaterstück, mit dem Richter als Regisseur und Hauptdarsteller! Ein Stück, das belehren und auch unterhalten sollte! Das war jedenfalls seine Meinung. Staatsanwalt Boxberg schien gut in Form zu sein, denn er rieb sich die Hände, als habe er vor, aus dem Angeklagten und seinem Verteidiger Kleinholz zu machen. Rechtsanwalt Klinge lümmelte lässig zurückgelehnt auf seinem Stuhl, um seine vermeintliche Überlegenheit zu demonstrieren. Der Angeklagte gab sein Bestes, uninteressiert zu erscheinen, konnte jedoch seine Nervosität nur schlecht verbergen. Nun, es ging ja schließlich auch um eine mehrjährige Haftstrafe. Wachtmeister Hase, der dem Angeklagten eben die Fesseln abnahm, sah heute ebenfalls blass und übernächtigt aus. Winfried Müller runzelte die Stirn und schaute den Wachtmeister an. Wahrscheinlich hatte er sich in derselben Bar herumgetrieben wie die Nickel. Wachtmeister Hase war, wie er wusste, Witwer. Winfried Müller lächelte nachsichtig. Dann lehnte er sich zurück, und forderte den Staatsanwalt mit effektvoller Geste auf, die Anklage zu verlesen.

III.

Zweieinhalb Stunden später saß Winfried Müller zufrieden in seinem Büro. Er hatte in seinem ewigen Kampf gegen das Böse wieder einmal einen grandiosen Sieg errungen.

Winfried Müller war 63 Jahre alt und hatte bis zur Wende sein Dasein als Strafrichter an einem kleinen norddeutschen Amtsgericht verbracht. Ein Strafrichter, der ganz und gar in seiner Lebensaufgabe aufging. In den letzten Jahren hatte er jedoch zunehmend die Sehnsucht nach einer neuen Herausforderung verspürt. Daher war ihm das Angebot, nach Sachsen-Anhalt an das Amtsgericht Karlstadt zu wechseln, als absoluter Glücksfall erschienen. Die meisten seiner Kollegen, die sich jetzt, Anfang der neunziger Jahre, in den Osten aufmachten, waren auf die Zulage oder eine Beförderungsmöglichkeit aus. Winfried Müller nicht. Für ihn glich die ehemalige DDR einem wilden Dschungel. Das Zusammenbrechen des Staates hatte das bisher unter der Decke gehaltene kriminelle Element ebenso hervorgelockt, wie es die Zocker, Gauner und Betrüger aus den alten Bundesländern angezogen hatte. Ein Mekka für einen Strafrichter. Dass er mit seinen 63 Jahren in einem möblierten Zimmer zur Miete wohnen musste, in einer Wohnung, die keinen Telefonanschluss besaß und deren Toilette sich auf dem Hinterhof befand, schien Winfried Müller nur ein geringer Preis für das Gefühl, von Anfang an dabei zu sein. Auf äußere Bequemlichkeit hatte er seit seiner Scheidung vor fast zwanzig Jahren ohnehin keinen Wert mehr gelegt. Die Kriminalität blühte, die Akten stapelten sich in seinem Büro und Winfried Müller war in seinem Element. Er hatte sogar eine Klappliege nebst Kulturbeutel in seinem Büro deponiert und konnte jederzeit dort übernachten. Was er auch häufig tat.

Wohlgefällig betrachtete Winfried Müller das vor ihm auf dem Tisch liegende Rauschgiftpäckchen, das Holger Kaufmann gerade eine Haftstrafe von drei Jahren und sechs Monaten eingebracht hatte. Ohne Bewährung versteht sich. Winfried Müller nahm es in die Hände und wog es auf und ab. Einfach unglaublich, dass so ein kleines Ding so viel wert sein konnte. Vorsichtig legte er das Päckchen auf den Tisch zurück und griff zum Brieföffner. „Du bist erledigt, mein Freund!", verkündete Winfried Müller dem Päckchen nun und führte die Klinge des Öffners gleich einem Degen. „Ganz und gar erledigt!", wiederholte er mit Nachdruck. Da das Päckchen keinerlei innere Anteilnahme zeigte, stieß Winfried Müller mit der Spitze des Brieföffners gleich einem Torero, der zum letzten und entscheidenden Stoß ausholt, in dessen Richtung. Die Wucht dieses Stoßes, die deutlich größer war, als Winfried Müller beabsichtigt hatte, bewirkte, dass der Brieföffner in die schützende Umhüllung des Päckchens eindrang und ein kleines Loch hinterließ. Durch dieses Loch gab das Päckchen etwas von seinem Inhalt frei, der fein und weiß auf den Bürotisch von Winfried Müller rieselte. „Schnee", dachte dieser und noch einmal „Schnee", wobei ihm ein wohliger Schauer den Rücken hinunterrann. Hier lag die Gefahr in Gestalt unschuldig aussehenden weißen Pulvers und er, Winfried Müller, hatte ihr getrotzt, sie bezwungen. Winfried Müller betrachtete das Päckchen und das Pulver aufmerksam. Wenn er es genau überlegte, hatte er noch niemals Heroin in natura gesehen. Klar, als er ein junger Hüpfer gewesen war, hatte er auch mal Haschisch probiert und in den Niederlanden so komische Pilze, von denen ihm im Nachhinein ganz schlecht geworden war. Aber Heroin war eine harte Droge und so etwas kannte er nur aus Anklageschriften oder aus Fernsehberichten.

Wenn man es genau nimmt, dachte Winfried Müller, sah das Heroin ein bisschen wie Mehl aus. Eigentlich ziemlich genau wie Mehl, sinnierte er nach nochmaligem Betrachten. Ob er mal probierte? Schließlich würde kaum jemand auf den Gedanken kommen, das Päckchen noch einmal zu wiegen, und außerdem schätzte er das kleine Häufchen auf seinem Schreibtisch auf höchstens drei Gramm. Vorsichtig befeuchtete Winfried Müller die Spitze seines linken Zeige-fingers und tippte damit leicht in das weiße Pulver. Dann hielt er den aufgenommenen weißen Fleck noch einmal vor seine Augen. „Sieht wirklich wie Mehl aus!", dachte er und steckte den Finger in den Mund. Komischerweise schmeckte das Heroin auch wie Mehl, irgendwie pampig und nach nichts. Merkwürdig! Auch seine Zunge fühlte sich irgendwie normal an und nicht betäubt oder wenigstens kribbelig, wie er erwartet hatte. Für einen kurzen Moment stellte sich Winfried Müller vor, er habe Holger Kaufmann wegen des

Besitzes von achthundert Gramm Weizenmehl zu dreieinhalb Jahren Gefängnis verurteilt. Aber dann schüttelte er den Kopf. Das war doch Unsinn! Schließlich war das Zeug ja untersucht worden! Entschlossen schnitt Winfried Müller ein Stückchen Klebeband ab und versiegelte damit das Loch des Päckchens. Den Rest des Pulvers wischte er auf einen kleinen Zettel und warf beides in den Papierkorb. Dann nahm er den Telefonhörer und rief Wachtmeister Hase an.

IV.

Als Anton Hase an diesem Tag das Amtsgericht Karlstadt in Richtung Fahrradständer verließ, fühlte er sich erschöpft und ausgelaugt. Eben wie einer, der kein Glück mehr hat.

Das Glück hatte ihn verlassen, seit vor fünf Jahren seine Frau gestorben war. Es war eine ruhige Ehe gewesen mit nur wenigen Höhen, aber ohne Tiefen. Anton Hase sah sich als nüchternen, praktischen Menschen. Tagsüber arbeitete er im Amtsgericht, nachmittags im Garten oder am Haus. Er, der immer auf eine saubere, gründliche Arbeit Wert gelegt hatte, war irgendwie stolz auf Helga gewesen. Das Haus war, wie seine Sachen, immer gepflegt und in bester Ordnung gewesen. Das Essen hatte pünktlich und zuverlässig auf dem Tisch gestanden. Erst als Helga gestorben war, war Anton aufgefallen, dass mit Helga mehr gegangen war als eine erstklassige Hausfrau. Was es war, konnte er gar nicht so genau sagen. Vielleicht das Lächeln, mit dem sie das Essen auf den Tisch gestellt hatte, das anerkennende Nicken, wenn er ihr seine Verbesserungen am Haus erklärt hatte, oder ihre Hand, die sich manchmal auf seine gesenkt hatte, wenn er zornig oder traurig gewesen war. Jedenfalls fühlte er sich seither irgendwie auf der Verliererseite. Ein einsamer Mann, Mitte Fünfzig, ohne irgendwelche Erwartungen.

Entschlossen schnallte Anton seine Tasche auf den Gepäckträger, setzte sich auf sein Rad und fuhr zum Supermarkt. Montags war sein Einkaufstag. Montags und freitags. An der Halle angekommen, nahm er einen Tragekorb, betrat den Markt und schaute auf seinen Einkaufszettel. „Ein Glas Bockwürste, ein halbes Brot, Schmalz und eine Tube Zahnpasta", stand dort. Der Zettel eines alleinstehenden Mannes, dachte er bitter. Er musste raus hier, raus aus diesem Dasein, das ihm wie ein ewiger grauer Novembertag vorkam. Irgendwo ein neues Leben beginnen. Das stand ihm zu. War das nicht ein gutes Ziel? Andere bekamen alles geschenkt. Und er?

Als Anton an die Kasse kam, war er so sehr in einen inneren Dialog mit sich selbst verstrickt, dass er das Öl, das aus irgendeiner Büchse oder Flasche eines Kunden auf den Boden getropft war, nicht bemerkte. Er rutschte aus und landete auf beiden Knien, wobei das linke Hosenbein sofort begann, das auf dem Boden befindliche Öl aufzusaugen. „Das ist der absolute Tiefpunkt!", dachte Anton. Ein alter Mann, der noch nicht einmal richtig einkaufen konnte.

„Ist es sehr schlimm?", fragte da plötzlich eine angenehme Stimme und, als Anton aufsah, blickte er in Augen, die ein bisschen erschrocken und besorgt, aber auch ein bisschen belustigt herabblickten. Die Kassiererin, der sie gehörten, war von ihrem Sitz aufgestanden und hatte sich, auf das Rollband gestützt, fast über ihn gebeugt, so dass ihr Gesicht nur dreißig Zentimeter entfernt war. Die Augen waren grau und blau und von einem Kranz aus feinen Fältchen umgeben. Zwischen einem dunkelblonden Pony und einem eher schmalen Mund saß eine Stupsnase. Anton wollte irgendetwas Schneidiges erwidern, aber ihm fiel nichts ein. Stattdessen stand er auf und schaute die Frau weiter an. Sie war eher klein und mochte irgendwo in den Vierzigern sein.

Heutzutage ließ sich so etwas schwer schätzen. Auf einem Schild an ihrem Kittel stand der Name Ingeborg Huhn. Anton sagte noch immer nichts, weshalb die Frau in eine Art Selbstgespräch verfiel. „Ich glaube, Sie sind irgendwo reingetreten!", erklärte sie und beugte sich tiefer über das Laufband, wobei sie den Fußboden einer gründlichen Prüfung unterzog. „Ist das Öl? Klar, das ist Öl! Wahrscheinlich irgendwo ausgelaufen!", fuhr sie dann fort. „Das lasse ich sofort beseitigen! Passen Sie bloß auf, dass Sie nicht noch einmal ausrutschen! Ich rufe jetzt gleich mal jemanden!", redete Ingeborg Huhn weiter und rief dann einer Kollegin zu, sie solle sofort den Reinigungsdienst schicken. „Bis die Reinigungsfrau kommt, kann ich hier nicht mehr kassieren!", erklärte sie ihm nun und bat die anderen Kunden, die an der Kasse warteten, in freundlichem, leicht singendem Tonfall, sich erst einmal woanders anzustellen. Dann sah sie ihn erneut prüfend an. „Ihre Hose müssen Sie gleich heute behandeln!", riet sie. „Am besten mit Zitronensaft und Kernseife!" Anton nickte hypnotisiert. Wahrscheinlich denkt sie, ich bin irgendwie geistig behindert, ging es ihm durch den Kopf. „Meine Frau hat immer Natron genommen!", sagte er deshalb. Hat! Vergangenheit! Ingeborg Huhn nickte nun ihrerseits. Dann schwiegen beide. Als eine Frau mit Eimer und Lappen kam, trat Anton beiseite. Mürrisch begann die Frau den Kassenbereich zu wischen. „Wieso gehen Sie denn nicht an eine andere Kasse? Das muss jetzt noch trocknen!", fragte sie in einem anklagenden Tonfall. „Ich habe noch nicht kassiert!", antwortete jetzt statt seiner Frau Huhn, sah ihm direkt in die Augen und lächelte. Anton lächelte nun ebenfalls. Als die Putzfrau verschwunden war, zahlte er. Ingeborg Huhn lächelte immer noch. „Also dann bis bald?" Fragend sah sie ihn an. „Morgen!", brachte Anton hervor, „Morgen!" und Ingeborg nickte. Als Anton den Beutel mit den Einkäufen an sein Fahrrad hängte, war der Himmel immer noch dunkelgrau und es sah nach Regen aus. Aber Anton war mit seinen Gedanken weit weg. Ganz weit weg.

V.

Als Winfried Müller am anderen Morgen sein Büro betrat, hatte er eine ungewöhnlich schlaflose Nacht hinter sich. Das hatte Seltenheitswert. Normalerweise schlief er nämlich wie ein Murmeltier. Egal ob Räuber, Mörder oder Rauschgifthändler im Gerichtssaal gesessen hatten, ob dort geweint, gebrüllt oder getobt worden war, sobald der Kopf von Winfried Müller das Kopfkissen berührte, war er eingeschlafen. Bis auf gestern. Der Gedanke, dass in dem Rauschgiftpäckchen Mehl sein könnte, war ihm nicht aus dem Kopf gegangen. Deshalb hatte er in Gedanken alle Varianten geprüft, wie es zu einer Verwechselung hätte kommen können. Denn der Bericht des Kriminallabors war eindeutig gewesen. Also hatte ein eventueller Tausch hinterher stattfinden müssen. Genau genommen ging das Päckchen nach seiner Untersuchung durch viele Hände, vom LKA über die Staatsanwaltschaft bis zum Amtsgericht. Theoretisch hätte sogar er selbst das Heroin gegen Mehl tauschen können. Oder hatte er sich getäuscht? Wenn sein Verdacht aber stimmte, wurde der Kaufmann am Ende freigesprochen. Denn der Beweis war weg. Der würde sich eins feixen! Und wenn er seinen Verdacht mitteilte, musste er gestehen, dass er das Zeug selbst probiert hatte! Wie stände er dann da? Erst am frühen Morgen hatte Winfried Müller eine Entscheidung getroffen. Er musste der Sache auf den Grund gehen. Vielleicht rannte dort draußen irgendwo einer rum, der sich für ganz clever hielt. Womöglich in den eigenen Reihen! Aber der hatte seine Rechnung ohne Winfried Müller gemacht. Dann war er endlich eingeschlafen, wobei er von einer Party im Amtsgericht träumte, bei der alle Drogen nahmen und ihn eine Memme schimpften, als er ablehnte. Schweißgebadet war er aufgewacht.

Ungeduldig hängte Winfried Müller seinen Mantel in den Schrank, nahm an seinem Schreibtisch Platz, griff zum Telefon und wählte die Nummer des Polizeireviers Karlstadt.

Eine dreiviertel Stunde später klopfte es an der Tür und durch den immer größer werdenden Spalt schob sich die Gestalt von Kommissar Thomas Fröhlich. „Morgen!", grüßte der und grinste. Eine Spur zu breit, wie Winfried Müller fand. „Machen Sie sich keine Sorgen, ich hab alles dabei!", fügte Fröhlich dann hinzu und holte aus seiner Manteltasche einige Papierstreifen. „Ein Schnelltest für Heroin! Das sollten wir gleich haben!" Er deutete auf das verklebte Päckchen, welches sich nun wieder auf dem Tisch von Winfried Müller befand. „Ist es das?" Winfried Müller nickte und seufzte.

Er hatte vorhin seine Geschäftsstelle gebeten, den Tresor auf-zuschließen. Eigentlich sollten die Schlüssel ja alle in der Wachtmeisterei lagern, aber die Nickel hatte das irgendwie hin-bekommen, dass ein Schlüssel in ihrem Büro bleiben durfte. „Was wollen Sie denn damit schon wieder?", hatte sie gefragt, als er das Päckchen herausgenommen hatte, und dabei einen irgend-wie triumphierenden Ausdruck in den Augen gehabt. Was für eine dreiste Person! Da musste man möglichst gleich kontern! „Koksen!", hatte er deshalb trocken erwidert und gemacht, dass er weg kam. Fehlte nur noch, dass sein Verdacht die Runde machte.

„Hier habe ich den Karton gestern aus Versehen beschädigt!", berichtete Winfried Müller nun und zeigte auf das kleine über-klebte Loch. Dass er sich mit dem Päckchen duelliert hatte, ließ er vorsichtshalber unter den Tisch fallen. Der Kommissar hielt ihn eh schon für exzentrisch. Was er ja auch war. „Und es hat wie Mehl ausgesehen?", erkundigte sich Kommissar Fröhlich nun und sah Müller eindringlich an. „Wie Mehl!", antwortete dieser. „Wirklich merkwürdig!", sagte der Kommissar. „Schade, dass Sie es nicht gekostet haben!", meinte er leichthin, „Dann wüssten wir Bescheid, denn Heroin schmeckt extrem bitter!" Winfried Müller fuhr zusammen. „Scheiße!", dachte er, „Scheiße!". Es war Mehl! Er hatte es doch gewusst. In wenigen Sekunden würde die größte Pleite seines gesamten Berufslebens öffentlich werden. Kommissar Fröhlich holte aus den Tiefen seiner Hosentasche ein Messer, klappte es auf und durchtrennte damit die Klebefolie, die das Päckchen zusammenhielt. Dann fuhr er mit dem Messer in das Päckcheninnere und brachte eine Probe einer leicht ocker-farbenen Substanz zum Vorschein. „Sieht nicht wie Mehl aus!", sagte er nach mehreren prüfenden Blicken. Winfried Müller schaute aufgeregt auf das hellbraune Pulver. Nein, das sah wirk-lich nicht wie Mehl aus. Hatte er sich geirrt? Nun tippte der Kommissar mit dem rechten Zeigefinger zuerst auf seine Zunge, dann auf das Pulver und steckte dann den Finger in den Mund. „Bitter!", sagte er. „Das brauche ich nicht zu testen! Das ist Heroin!" „Wie kommen Sie denn auf Mehl?", fragte er dann und sah Winfried Müller prüfend an. „Vielleicht sollten Sie mal Urlaub machen! Ist wohl ganz schön Stress, Ihr Pensum!", fügte er in väterlichem Tonfall hinzu und sah zum überfüllten Akten-bock hinüber. Winfried Müller wusste nicht, ob er lachen oder weinen sollte. Auf der einen Seite war es ja gut, dass alles seine Ordnung hatte und er sich nicht auf den Beinamen „Richter Mehl" oder ähnliches gefasst machen musste. Andererseits wollte er protestieren. Die weiße Farbe und den Geschmack, das hatte er sich doch nicht eingebildet, wie der Fröhlich offenbar glaubte. Und außerdem ging es ihm gegen den Strich, sich von einem gewöhnlichen Polizeikommissar begönnern zu lassen. „Der Papierkorb!", schoss es ihm durch den Kopf. Dort mussten die Reste zu finden sein. Ohne ein Wort an Kommissar Fröhlich zu richten, sprang er auf und griff nach dem Papierkorb, der neben seinem Schreibtisch stand – leer!. Das war doch klar! Die Putz-frau des Amtsgerichts war nie da, wenn man sie benötigte, putzte aber stattdessen, was noch sauber war. Stöhnend ließ sich Winfried Müller wieder auf seinen Stuhl fallen. „Brauchen Sie mich noch?!", fragte Thomas Fröhlich grienend und Winfried Müller schüttelte den Kopf. „Na, na!", sagte Fröhlich noch. „Nun lassen Sie mal den Kopf nicht hängen! Hat doch alles seine Ordnung!" Dann war er draußen.

Als Anton Hase an diesem Tag nach Dienstschluss das Amtsgericht Karlstadt verließ, war ihm zum ersten Mal seit langer Zeit froh zu Mute, obwohl er heute extra zwei Stunden früher aufgestanden und ins Gericht gefahren war. Er klemmte seine Aktentasche auf den Gepäckträger und hängte seinen Einkaufsbeutel, in dem sich eine Tüte mit circa achthundert Gramm Mehl befand, an die Lenkstange. Anton hatte seine beste Cordhose angezogen und seine neue graue Jacke. Er setzte sich auf sein Rad und fuhr zur Kaufhalle. Dort beabsichtigte er eine Schachtel Pralinen zu kaufen und sich bei Ingeborg Huhn zu bedanken. Außerdem musste er ihr berichten, dass er den Fleck aus der Hose herausbekommen hatte. Anton beschloss, jetzt häufiger einkaufen zu fahren. So musste er nicht so viel Schweres auf einmal transportieren. Vielleicht hatte Ingeborg Huhn ja nachmittags auch mal frei und er konnte sie ins Schlosscafé einladen. Um sich noch einmal zu bedanken, versteht sich.

In der nun folgenden Nacht schliefen weder Winfried Müller noch Anton Hase besonders gut. Während Anton Hase in Gedanken immer neue Gespräche mit Ingeborg Huhn führte, zermarterte sich Winfried Müller das Gehirn. Und es war doch Mehl gewesen, ging es ihm immer wieder durch den Kopf. Aber wer hatte es ausgetauscht und weshalb?

Die Wahrsagerin

I.

Am Montag, dem zwanzigsten Mai, saß Constanze im Regionalexpress nach Eichstädt und wusste nicht, ob sie ungeheuer mutig oder einfach nur unglaublich dumm war. Obwohl es erst 10 Uhr war, hatte Constanze bereits einen Diebstahl begangen und mindestens zehnmal gelogen. Außerdem schwänzte sie gerade die Schule. Was sonst weiß Gott nicht ihre Art war. Aber diese Fahrt war der Strohhalm, an dem sie sich gerade festhielt. Angefangen hatte alles vor etwa drei Monaten mit diesem Gefühl, als stimme irgendetwas nicht. Vielleicht auch schon vorher, so genau wusste sie es gar nicht. Jedenfalls hatte Constanze immer mehr festgestellt, dass sie an nichts Freude hatte. Wenn man so vor sich hin dachte, nahm sich die Sache irgendwie gar nicht dramatisch aus, sondern war eher nichts sagend. Keine Freude, na und? Aber wenn einem erst mal klar wurde, dass man zu nichts mehr Lust und dass man auf nichts Appetit hatte und eigentlich auch niemanden treffen wollte, dass einen alles, was man früher toll gefunden hatte, langweilte und man nur noch mit einem Gefühl herumlief, das sich normalerweise nur an einem Schlechtwettertag nebst einer Fünf in Mathe und einem Streit mit der Mutter einstellte, war das ziemlich schlimm. Genau wie auf dem Geburtstag ihrer Freundin Sophie, auf den sie sich eigentlich wochenlang gefreut hatte. Alles hätte perfekt sein sollen. Die Mutter hatte ein neues Kleid mit Spaghettiträgern spendiert, was ihr ausgezeichnet stand, nur die coolsten Jungs und Mädchen der Klasse waren eingeladen und es hatte alles gegeben, was das Herz begehrte. Aber statt den Tag zu genießen hatte sich

Constanze einfach nur unwohl gefühlt! Weil sie sich hätte toll fühlen müssen, es aber nicht tat! Die ganze Zeit hatte sie Angst gehabt, dass irgendjemand merkte, dass sie die Fröhlichkeit, die sie hätte haben sollen, überhaupt nicht empfand. Deshalb hatte sie vorsichtshalber über jeden noch so dummen Scherz schallend gelacht, wodurch sie sich mit der Zeit immer blöder vorgekommen war. Wahrscheinlich hatten ihre Freunde gedacht, sie hätte Drogen genommen oder sei sonst irgendwie durchgedreht.

Irgendetwas stimmt mit mir nicht, dachte Constanze. Aber was? Und wenn das nun so blieb? Sie war zwölf Jahre alt, wurde bald dreizehn und konnte sich an nichts freuen! Bei diesem Gedanken bekam sie es wieder mit der Angst zu tun und Tränen stiegen ihr in die Augen. Früher war Constanze in solchen Momenten zu Mutter gerannt, hatte sich fest in den Arm nehmen und umsorgen lassen. Aber das war kleiner Kummer gewesen. Zerbrochenes Spielzeug oder Streit mit Sophie. Das hier war jedoch anders. Darüber konnte sie mit niemandem sprechen. Schon gar nicht mit der Mutter, die sich bestimmt Sorgen machen würde.

Und dann hatte sie am letzten Wochenende die Anzeige gesehen. Die Mutter, die sich hin und wieder für die Natur engagierte, hatte eine Monatszeitschrift abonniert, in der neben Berichten über Naturschutzprojekte im Umland und niedlichen Tierfotos auch Annoncen über Ferienhäuser und Kontaktanzeigen abgedruckt wurden. Früher hatte Constanze die gerne gelesen und sich ein bisschen darüber amüsiert. „Vogelliebhaber sucht eine Naturfreundin zur gemeinsamen Tierbeobachtung". Dieses Mal hatte sie die Zeitschrift mehr aus Gewohnheit lustlos durchgeblättert, als ihr Blick auf eine zweifach umrandete Annonce fiel. „Ihr Schicksal spricht zu Ihnen! Madame Segreto Hand- und Kartenlesen, Traum- und Zukunftsdeutung" hatte da über dem Bild einer gläsernen Kugel, die aus dem Nebel auftauchte, gestanden.

72

Dann eine Anschrift. Keine Telefonnummer, keine E-mail-Adresse. Madame Segreto in Eichstädt, einer Kleinstadt circa 50 Kilometer von Constanzes Zuhause entfernt. Constanze hatte nachgedacht. In Zeiten des Internets eine Wahrsagerin zu befragen war ihr bisher völlig absurd erschienen. Gab es irgendeine Information, an die man nicht durch ein paar Klicks herankam? Andererseits konnte ihr das Internet nicht wirklich sagen, was mit ihr los war. Klar, es gab da Seiten, in denen psychische Krankheiten oder Störungen beschrieben wurden, aber daraus wurde sie nicht schlau.

Und war sie denn überhaupt krank? Dass ihr ein Arzt helfen konnte, konnte sich Constanze auch nicht vorstellen. Aber eine weise Frau vielleicht? Wenn das nun aber nur Show war, um gutgläubigen Kunden ihr Geld abzunehmen? Würde so jemand dann aber nicht mehr Werbung machen? So nach dem Motto, schon über eintausend zufriedene Kunden und so. Immerhin war dies eine Möglichkeit. Im Grunde war es doch so, wenn die Sache nicht funktionierte, stand sie nicht schlechter da als jetzt auch. Nur etwas ärmer, wobei sie nicht wusste, was so eine Wahrsagerin kosten würde. Wenn die Frau ihr jedoch helfen konnte, wäre ihr vielleicht eine Riesenlast von der Seele genommen, die sie unbedingt los sein wollte. Sie hatte diese Traurigkeit echt satt. Und wenn sie Madame Segreto nur kurz, so zehn Minuten in Anspruch nahm, konnte das ja nicht die Welt kosten.

Also hatte Constanze ihren Laptop aufgeklappt. Während sie im Internet die Fahrzeiten der Züge nach Eichstädt studiert hatte, hatte sie ausgerechnet, dass sie für einen Besuch bei Madame Segreto mindestens drei Stunden einplanen musste. Die Bahnfahrt allein dauerte eine halbe Stunde. Dazu kamen die Laufzeiten vom und zum Bahnhof. Und so eine Zukunftsdeutung würde doch bestimmt auch eine Weile brauchen. Und vielleicht kam sie ja auch nicht gleich an die Reihe. Das bedeutete, dass sie entweder ihre Mutter in ihren Plan einweihen musste, weil die ihr

Fehlen bemerken würde und sonst womöglich zur Polizei ging, um sie suchen zu lassen. Oder dass sie ihr Abenteuer in den Vormittag verlegen musste, damit ihre Abwesenheit nicht auffiel. Dazu musste sie allerdings die Schule schwänzen. Nach reiflicher Überlegung hatte sich Constanze für das Schulschwänzen entschieden. Es ihrer Mutter zu erzählen, hätte bedeutet ihr zu berichten, dass sie nur noch traurig war. Da war das Schulschwänzen einfacher. Da sie allein nach Hause gehen durfte, brauchte sie bei Frau Braun, ihrer Klassenlehrerin, nur zu sagen, ihr sei schlecht. Dann durfte sie sicher gehen. Am schwersten würde es sein, Geld aus dem Portemonnaie der Mutter zu stehlen. Natürlich hatte Constanze ihr Spargeld und hätte dieses auch liebend gerne genutzt. Aber das Geld lag auf der Bank und war deshalb unerreichbar. Es sei denn, sie sagte der Mutter alles.

So war sie am heutigen Morgen zwei Stunden früher aufgestanden und hatte zwei Zwanzig-Euro-Scheine aus der Geldbörse der Mutter genommen mit dem stillen Versprechen, es irgendwann wieder zurückzulegen. In der zweiten Stunde war sie zu Frau Braun gegangen. Und da sie vor Aufregung ganz blass gewesen war, hatte die ihre Geschichte von der Übelkeit geglaubt und sie sofort nach Hause geschickt. Dann war Constanze zum Bahnhof gelaufen, hatte sich für vierzehn Euro und achtzig Cent eine Hin- und Rückfahrkarte gekauft und war in den Zug gestiegen, der sie nach Eichstädt bringen sollte. Bis dahin hätte sie immer noch umkehren und sich zu Hause ins Bett legen können, in der Hoffnung, die Mutter würde den Verlust von vierzehn Euro achtzig nicht bemerken. In Gedanken hatte sie diese Möglichkeit mehrfach durchgespielt. Aber eben nur in Gedanken.

Jetzt fuhr der Zug an und die Entscheidung war gefallen. Constanze beäugte ihre Barschaft. Hoffentlich reichte das Restgeld für die Wahrsagerin. Gerade als sie die Münzen und den Schein in ihrer Jackentasche verstauen wollte, öffnete sich die Tür und ein Junge kam ins Abteil. Der Junge war ungefähr in ihrem Alter, schlaksig und blass. Er trug Jeans, T-Shirt und Turn-schuhe und hatte einen Schulrucksack über der Schulter. „Hallo" sagte der Junge gepresst, nickte kurz in ihre Richtung und ließ sich ihr gegenüber auf den Fensterplatz fallen. Seine Tasche stellte er auf dem Nebensitz ab. Dann sah er betont angestrengt aus dem Fenster. Das gab Constanze Gelegenheit, ihn sich noch genauer anzusehen. Der Junge hatte kurzes hellbraunes Haar, grau-blaue Augen und hätte vielleicht nichtssagend oder lang-weilig gewirkt, wäre da nicht die unterdrückte Spannung gewesen, die er ausstrahlte. Irgendwas hatte der Junge auf dem Herzen. Am liebsten hätte Constanze ihn einfach gefragt, was los sei, schon um ihre eigene Aufregung ein bisschen zu vergessen. Aber der sah nicht so aus, als wolle er darüber oder überhaupt reden. Deshalb senkte Constanze den Blick und begann in ihrem Buch zu blättern. Als fünf Minuten später der Schaffner herein-kam, um ihre Fahrkarten zu kontrollieren, musterte dieser sie zunächst mit, wie Constanze fand, argwöhnischem Blick, während er sie aufforderte, ihre Fahrkarten vorzuzeigen. „Ihr müsstet doch in der Schule sein!", sagte er in dem Tonfall, in dem Erwachsene anzudeuten pflegen, dass sie hier das Sagen haben. Er nahm Constanze und dem Jungen die Fahrkarten aus der Hand und begann sie gründlich zu studieren, während sich beide in Stillschweigen hüllten. „Was wollt ihr denn in Eichstädt?", fragte er, wobei er offensichtlich davon ausging, dass sie beide zusammen gehörten. Sieh an, dachte Constanze, der Junge wollte also auch nach Eichstädt. Und weil sie der Meinung war, dass es den Schaffner überhaupt nichts anging, weshalb sie nach Eichstädt wollten, und weil sie irgendwie das Gefühl hatte, sie und der Junge seien Verbündete, bezog sie ihn in ihre Ausrede, die sie sich für den Fall der Fälle zurechtgelegt hatte, einfach mit ein. „Brückentag, wir haben Brückentag und machen einen Ausflug!", rief sie mit einer Stimme, die fröhlich und unbeschwert klingen sollte, aber doch irgendwie leicht piep-sig daher kam. „Soooo, wohin denn?", fragte der Schaffner weiter. „Museum für Apidologie!", ließ sich der Junge plötzlich vernehmen. „Api was?", fragte der Schaffner. Es klang leicht verärgert. „Willst du mich auf den Arm nehmen?" „Apidologie ist Bienenkunde", erklärte der Junge unschuldig und sah den Schaffner an. Der kratzte sich am Arm und überlegte. Ein Museum für Bienenkunde gab es natürlich in Eichstädt. Auch Constanze war schon mal dagewesen. „Na meinetwegen! Viel Spaß!", sagte er, stempelte die Fahrkarten und verschwand im Gang des Zuges. Constanze und der Junge gegenüber prusteten. Dann sahen sie sich an und Constanze lächelte. „Danke, Herr Bienenforscher!", sagte sie mit einem leichten Kichern. „Brückentag, ja?", gab der Junge zurück und grinste ein bisschen. „Wie heißt du?", fragte Constanze. „Marc!", sagte der Junge. „Ich heiße Marc!" Plötzlich wirkte er wieder bedrückt. „Ich heiße Constanze!", sagte Constanze. „Und ich bin gerade dabei, die größte Dummheit meines Lebens zu machen! Glaube ich! Na ja, kann sein!", setzte sie hinzu, in der Absicht, Marc ein wenig abzulenken. Der sah jetzt auch wirklich interessiert zu ihr herüber. Und ehe es sich Constanze versah, hatte sie sich ihre ganze Geschichte von der Seele geredet. Von ihrer Traurigkeit, dem Diebstahl (der brannte besonders in ihrer Seele) und dem Vorhaben, das nach Eichstädt führte. Marc hörte geduldig zu. Als sie auf Madame Segreto zu sprechen kam, machte er große Augen. „Ja, ich weiß!", stöhnte Constanze. „Jetzt, wo ich es dir erzähle, merke ich, wie verrückt sich das anhört." Eine kleine Weile sagte keiner der beiden etwas. Marc schien mit sich zu ringen. Zweimal öffnete er den Mund und schloss ihn aber wieder, ohne dass er einen Laut von sich gegeben hätte. „Ich will auch zu Madame Segreto!", sagte er dann unvermittelt und sah aus dem Fenster. „Das gibt es doch nicht!" Constanze fuhr vor Erstaunen ein bisschen in ihrem Sitz auf. „Na wenn das kein Zufall ist!", rief sie „Von tausend Kindern in Gunthersberg beschließen zwei zum selben Zeitpunkt, die Schule zu schwänzen und per Zug zu einer Wahrsagerin zu fahren! Das hört sich doch megaverrückt an."

Constanze war erschrocken und fasziniert zugleich. „Schwänzen ist doch nichts!", warf Marc ein. „Was soll schon an ein paar versäumten Unterrichtsstunden dramatisch sein!", sagte er mit leicht gepresster Stimme und sein Gesicht verfinsterte sich weiter. „Glaubst du wirklich?", wollte Constanze wissen. Marc sagte eine Weile nichts. Dann machte er den Mund auf und stieß „Ich glaube, ich muss sterben!" hervor. Danach trat wieder Stille ein. Constanze fielen ein paar unsinnige Formulierungen wie „Na, so schlimm wird es doch wohl nicht sein!" oder „Aber, aber!" ein. Aber sie sagte nichts, sondern fühlte sich einfach nur hilflos. Was sagte man einem Jungen, den man gerade erst kennengelernt hatte, den man obendrein nett fand und der einem eröffnete, er müsse sterben? Ihre Gedanken flitzten hin und her. Dann öffnete sie den Mund. „Nicht, wenn ich es verhindern kann!", hörte sie sich voller Entschlossenheit sagen. Innerlich stöhnte sie sogleich. Was war denn das für ein Quatsch! Nicht, wenn ich es verhindern kann! Das war doch voll peinlich! Aber Marc begann zu lachen. „Was denn?", fragte Constanze und begann auch ein bisschen zu lachen. Marc lachte immer lauter. Er lachte und lachte. „Wenn es jemand verhindern kann, dann du!", japste er und dann lachten alle beide. Als sich das Lachen gelegt hatte, nahm Constanze all ihren Mut zusammen. „Woher weißt du, dass du sterben musst?", fragte sie ernst. Und Marc begann zu erzählen.

Vor einem Monat hatte er am Abend einen heftigen Streit seiner Eltern im Wohnzimmer mitbekommen. Am Ende waren die Eltern ernst und traurig gewesen und die Mutter hatte geweint. Da hatte er sich noch nichts weiter gedacht. Eltern stritten eben mal. Aber die Stimmung im Haus war weiter bedrückt geblieben. So etwas kannte Marc bis dahin nicht. Eine Woche später war die Mutter mit ihm in eine Arztpraxis gegangen. Dort hatte man ihm mit einem Stäbchen Speichel abgenommen. Marc hatte sie gefragt, wozu. „Wir wollen testen, ob du vielleicht krank bist!", hatte die Mutter geantwortet. „Keine Angst, nichts Schlimmes, nur eine kleine Erbkrankheit!", hatte sie hinzugefügt und Marc hatte ihr fast geglaubt. Aber nur fast. Ihre Stimme hatte nämlich ein wenig gezittert und sie hatte ihm nicht in die Augen gesehen. Nach zwei Wochen war ein Brief gekommen, der bewirkt hatte, dass die Mutter heftig weinte, obwohl sie dies ihm gegenüber zu verstecken suchte. Und sein Vater schaute ihn seither ganz komisch an. Natürlich hatte Marc sofort gefragt, ob er denn nun krank sei und um was für eine Krankheit es sich handele. Die Eltern hatten beteuert, dass mit ihm alles in Ordnung sei. Aber wenn das so war, warum herrschte zu Hause eine Stimmung wie auf einer Beerdigung?

„Wie auf einer Beerdigung!", wiederholte Marc, als er seinen Bericht beendete. „Das ist doch zum Verrücktwerden!", fügte er hinzu. „Und deshalb habe ich gedacht, wenn diese Madame Segreto die Zukunft sehen kann, kann sie mir ja sagen, ob ich überhaupt eine habe!", rief er trotzig. Constanze sagte zunächst nichts, sondern begann an ihrer Unterlippe zu kauen und dachte nach. „Aber du siehst doch ganz gesund aus!", war das erste, was sie sagte. „Also, ich meine, du fühlst dich doch gut, oder?" „Eigentlich schon!", gestand Marc zu und Constanze atmete ein bisschen auf. „Also wenn Du schwer krank wärst, müsstest Du doch auch richtig untersucht werden! So mit Blut Abnehmen und Computerbildern und Abhören und so! Nicht nur deine Spucke!", gab Constanze zu bedenken. „Schon wahr! Aber wieso sind meine Eltern so komisch?" „Sind Eltern nicht immer komisch?" „Ja schon!", gab Marc zu. „Aber weshalb weint Mutter dauernd und Vater ist so merkwürdig?" „Also, das kann wirklich viele Ursachen haben! Das muss doch nichts mit dir zu tun haben!" „Aber wieso musste ich dann zum Arzt?", fragte Marc und Constanze wusste es auch nicht. „Lass uns Madame Segreto fragen!", sagte sie stattdessen und streckte Marc ihre Hand hin,

„Du und ich zusammen!" „Madame Segreto!", antwortete Marc feierlich und schlug ein. Zehn Minuten später fuhr der Zug in Eichstätt ein.

Als Constanze mit Marc den Zug und den Bahnhof verlassen hatte, blieb sie kurz stehen und schaute auf ihr Handy, auf dem sie am Tage vorher die Adresse der Wahrsagerin eingegeben hatte. „Da müssen wir lang!", erklärte sie nach einem kurzen Blick über den Bahnhofsvorplatz und zeigte auf eine Straße gegenüber. Beide liefen los. Der Tag war sonnig und warm geworden. Während sie schweigend nebeneinander hergingen, fühlte sich Constanze plötzlich wieder unbehaglich. Sie lief hier mit einem Jungen, den sie nicht kannte, durch Eichstätt in der Erwartung, dass eine Frau, über die sie rein gar nichts wusste, aus ihrer Hand lesen konnte, warum sie traurig war. Sollte sie einfach umkehren? Aber dann hätte sie alles umsonst auf sich genommen! Constanze seufzte. „Irgendwie komme ich mir gerade ziemlich kindisch vor!", ließ sich da Marc vernehmen „Ich meine, wer fragt schon eine Wahrsagerin, ob er krank ist! Ich hätte ja auch zum Arzt gehen können!" Irgendwie fühlte sich Constanze dadurch gleich besser. Es war jemand da, der ihre Zweifel teilte. „Ich weiß, was du meinst!", antwortete sie deshalb, „Aber ich zieh das jetzt durch! Wo ich schon mal hier bin!" Marc nickte nachdenklich. Dann entstand eine Pause, in der sie einfach nur weiter gingen. „Vielleicht sollten wir mal über was anders reden", schlug Marc vor. „Ich meine, was machst du zum Beispiel, wenn du nicht gerade die Schule schwänzt?", setzte er grinsend hinzu. Constanze nahm allen Mut zusammen. „Ich häkele gerne, so kleine Tiere und Topflappen und so!", sagte sie dann und setzte zögernd hinzu, „Ich weiß, das ist uncool." „Wieso denn?", erkundigte sich Marc. Constanze zuckte mit den Schultern. „Und du?" „Ich interessiere mich sehr für Bienen!", antwortete Marc augenzwinkernd. „Und wenn ich nicht sterben muss, würde ich gerne Forscher werden! So Naturforscher, weißt du?" „Sag das nicht immer mit dem Sterben!", bat Constanze. „Sag einfach, ich werde Naturforscher!"

Als Constanze und Marc circa zwanzig Minuten später vor dem Haus standen, das Constanze als Ziel in ihr Handy eingegeben hatte, begann ihr Herz heftig zu klopfen. Bis hierher hatten sie und Marc sich gegenseitig mit Scherzen und Geschichten aus ihrem Leben abgelenkt, aber das war jetzt vorbei. Constanze stellte fest, dass sie über Marcs Problem ihr eigenes fast ein bisschen vergessen hatte. Irgendwie machte sie sich mehr Sorgen um ihn. Wenn er nun doch krank war? Natürlich hatte sie sich schon insgeheim alle Argumente überlegt, die dagegen sprachen, aber sicher sein konnte man ja nie. Sie sah zu Marc herüber. Der sah blass aus und seine Lippen waren ein schmaler Strich. Sie standen vor einem mehrstöckigen Gebäude, in dem sich im Untergeschoss links ein Friseur und rechts ein kleiner Andenkenladen befand. In den zwei Schaufenstern tummelten sich putzige Keramikfiguren, Bücher, Postkarten und mehrere Gläser mit Honig, was auf eine Verbindung zum Bienenmuseum hindeutete. Als Constanze in den Hauseingang trat und auf die Klingelschilder blickte, stand dort nichts von einer Madame Segreto. Wahrscheinlich war das sowieso nur der Künstlername, überlegte sie. Sie fand lediglich vier Klingeln vor, an denen „Winkler", „Vossmann", „Sonnenschein" und „Sens" stand. Enttäuscht und etwas ratlos trat sie zurück. „Es ist kein Schild zu finden!", teilte sie Marc mit, der ihr Tun aufmerksam verfolgt hatte. Vorsichtshalber trat Marc nun ebenfalls zu den Klingelschildern, zog aber unverrichteter Dinge wieder ab. Dann überlegten beide. Constanze holte tief Luft. „Komm, wir fragen in dem Laden nach!", sagte sie in leichtem Befehlston, den sie von ihrer Mutter abgeguckt hatte, wenn die etwas durchsetzen wollte. Dann warf sie ihm einen entschlossenen Blick zu, öffnete die Ladentür und betrat das Geschäft, während Marc ihr zögernd folgte.

Der Laden war ein mittelgroßer Raum, der mit einer Unmenge Sachen vollgestopft war. Offensichtlich wurde hier neben dem Verkauf von Andenken auch der Handel mit alten Dingen betrieben. Auf einem alten Sofa, von dem Constanze nicht sicher war, ob es zu verkaufen war oder nur als Ablage diente, lagen stapelweise alte Zeitschriften. Auf der, die zuoberst lag, waren drei Möpse abgebildet. Drei graue Möpse, die friedlich auf einem Sofa schlummerten. Die haben es gut, ging es Constanze durch den Kopf. In zwei Vitrinen standen altes Geschirr, alte Gläser und Nippes aus Großmutters Zeiten. An einer kleinen Kleiderstange baumelten getragene Jacken und Kleider. Hinter einem Ladentisch verstaute eine kleine ältere Frau gerade verschiedene Ketten auf einem Ständer. Als Constanze mit Marc im Schlepptau entschlossen auf sie zuschritt, schaute die Frau von ihrer Tätigkeit auf. „Ah!", rief sie „Kundschaft! Willkommen meine Lieben! Was kann ich für Euch tun?" Constanze verließ ein wenig der Mut. Wie sollte man jemandem mitteilen, dass zwei Zwölfjährige dringend eine Wahrsagerin sprechen mussten? „Ähm!", machte sie deshalb und noch einmal „Ähm!". „Wir wollen eigentlich gar nicht zu Ihnen!", brachte sie verlegen heraus und überlegte krampfhaft wie weiter. „Doch, ich glaube schon!", erwiderte die Verkäuferin. „Ihr wollt doch zu Madame Segreto?", setzte sie in einem Ton hinzu, als habe Leugnen keinen Zweck, und Constanze konnte nur nicken. Dabei sah sie sich die Frau, die offensichtlich Madame Segreto war, das erste Mal genauer an. Eine Wahrsagerin hatte sie sich irgendwie ganz anders vorgestellt. So mit wallendem Kleid, langen Haaren und rauchiger Stimme. Die Frau vor ihr war circa fünfzig Jahre alt. Sie hatte graues kurz geschnittenes Haar und wirkte durch Jeans und ein T-Shirt eher modern und offen als geheimnisvoll. Offenbar war Madame Segreto jedoch derartige Betrachtungen gewöhnt. „Entspreche ich nicht ganz euren Vorstellungen?", fragte sie lächelnd. „Da seid ihr nicht die ersten!", fügte sie freundlich hinzu und betrachtete nun ihrerseits Constanze und

Marc genau. „Naaa, euch hat es wohl die Sprache verschlagen?", fragte sie kurze Zeit später, weil weder Constanze noch Marc etwas sagten. „Dann kommt doch erst einmal mit!", forderte sie die beiden bestimmt auf und winkte ihnen, ihr zu folgen. Mit etwas wackeligen Knien betrat Constanze ein Zimmer, das sich hinter dem Verkaufsraum befand. Hier standen ein runder Tisch und ein paar alte Stühle, was schon eher nach dem Arbeitsplatz einer Wahrsagerin aussah. „Setzt euch!", forderte sie Madame Segreto auf, und Constanze und Marc ließen sich auf einem Stuhl nieder. Madame Segreto nahm eine Brille von einem nahe gelegenen Regal, setzte sie auf und nahm sich ebenfalls einen Stuhl. „Und, wo brennt es denn?", fragte sie nun Marc und nahm seine Hand. „Ähm!", machte Marc, während Madame Segreto schon seine Hand studierte. „Also, was ich wissen wollte!", fügte er hinzu, brach aber wieder ab. Constanze Herz fing wie wild an zu schlagen. Jetzt, dachte sie, jetzt musste es sich entscheiden! Obwohl das natürlich Quatsch war, weil Wahrsagerei ganz sicher Unsinn war! Und eigentlich ging sie ja das alles nichts an, aber irgendwie war Marc echt nett, und wenn er nun krank war?

„Hhmm, ich sehe eine gute Ehe und zwei, vielleicht auch drei Kinder!", ließ sich Madame Segreto plötzlich vernehmen, die Marcs Hand gründlich betrachtet hatte, während Marc krampfhaft nach Worten gerungen und Constanze versucht hatte, nicht in Panik zu geraten. Constanze fühlte sich schlagartig, als habe sie eine Last, die mindestens zehn Zentner wog, abgeworfen. Marc war nicht krank! Marc würde heiraten und Kinder bekommen! Strahlend sah Constanze zu Marc herüber. Der schien in den letzten Sekunden mindestens um fünf Zentimeter gewachsen zu sein und plötzlich voller Freude. „Danke!", sage er enthusias-tisch, „danke", und wollte Madame Segreto seine Hand entzie-hen. Die aber hielt sie fest. „Nicht so eilig, mein Lieber, nicht so eilig!", rief sie und beugte sich wieder darüber. „Da ist noch etwas, was du wissen solltest! Ich sehe nämlich noch zwei neue Menschen in deinem Leben! Ganz nahe!", sagte sie dann. „Zwei wichtige Menschen!", fügte sie in bedeutsamen Tonfall hinzu. „Tatsächlich?", fragte Marc und sah dabei zu Constanze. Die fühlte, wie ihr Bauch eine kleine Achterbahnfahrt vollführte, und wurde ein bisschen rot. „Es wird ein bisschen turbulent, in nächster Zeit!", führte Madame Segreto weiter aus und sah Marc in die Augen. „Das ist es schon!", gab der seufzend zurück. „Aber alles hat seinen Sinn! Und du kannst der Schlüssel sein!", beendete sie ihre Ausführungen, drückte Marcs Hand kurz und legte sie dann sanft auf den Tisch.

„Nun zu dir, junge Dame", sagte Madame Segreto und streckte ihre Hände nach Constanze aus. „Nur Mut!", setzte sie hinzu. Eigentlich hatte Constanze ja eine kleine Rede vorbereitet, die sie noch am Abend zuvor sorgsam einstudiert hatte und die alles erklären sollte. Aber die Geschichte von Marc war ihr so nahe gegangen, dass sie ihre eigene so gut wie vergessen hatte. Fast willenlos ließ sie ihre Rechte in Madame Segretos Hände fallen. Diese betrachtete sie eine kleine Weile, ohne etwas zu sagen. „Hhhmm!", machte die Wahrsagerin. „Ich sehe viel Traurigkeit, oh ja, viel Traurigkeit!" und Constanze nickte. „Es stehen Veränderungen an,", fuhr sie fort, „Die werden dir helfen!" „Welche?", Constanze hätte es fast geschrien. „Das kann ich nicht so genau sagen! Sie werden sich einstellen und du wirst sie erkennen!", erklärte sie. Dann lächelte sie. „Und außerdem sehe ich einen Engel in deiner Nähe. Einen Schutzengel!" Constanze war perplex. „Einen Engel?", fragte sie zögernd. „Ja!", sagte Madame Segreto, noch immer in Constanzes Hand schauend. „Ein Engel! Freu Dich, meine Liebe, freue Dich!" Dann ließ sie Constanzes Hand los, die sie verblüfft zu sich heranzog und hinein schaute, als könne sie dort den Engel sehen. „So, ihr beide!", meinte Madame Segreto nun. „Ich glaube, das reicht für heute!" „Danke!", sagte Marc. „Wirklich, vielen Dank! Sie haben mir sehr geholfen!" „Jaaa, wirklich", echote Constanze „Ähm, was schulden wir Ihnen?", fuhr Marc ein wenig unsicher fort. „Ach!", Madame Segreto winkte ab. „Hierfür nichts! Aber es wäre nett, wenn ihr was vorne aus dem Laden kaufen könntet. Sonst macht der noch pleite!", erklärte sie lächelnd. Das versprachen Marc und Constanze gerne. Als sie den Laden betraten, erinnerte sich Constanze an die Zeitschrift mit den drei Möpsen. Die würde sie kaufen. Das würde ihre Barschaft nicht zu sehr strapazieren und sie konnte vielleicht zwanzig Euro in das mütterliche Portemonnaie zurücklegen. Und das Bild würde sie als Glücksbringer an ihre Wand heften. Als sie an der Kasse 4 Euro und 60 Cent auf den Glasteller legte, kam Marc mit einer alten Lupe herüber und meinte augenzwinkernd, so etwas würde jeder echte Forscher wirklich brauchen.

„Ich wünsch euch alles Liebe!", sagte Madame Segreto, als sie Marc sein Päckchen überreichte und das Geld in die Kasse legte. „Danke für alles!", antwortete Constanze und tauschte mit ihr eine Umarmung aus. „Vielleicht sehen wir uns ja wieder?!", sagte Madame Segreto noch mit einem Augenzwinkern. Dann standen Constanze und Marc plötzlich auf den Stufen vor dem Geschäft im warmen Sonnenlicht. „Komm, setzen wir uns erst einmal!", sagte Marc und zeigte auf die warmen Stufen. Constanze ließ sich neben Marc nieder und sah ihn von der Seite an. „Puh!", machte sie, „Was für ein Tag!". „Ja, was für ein Tag!", echote Marc freudig und sah Constanze an. Die öffnete gerade die Papiertüte, in die Madame Segreto ihre Zeitschrift verpackt hatte, und betrachtete die Hunde noch einmal. „Das ist mein Glücksbringer, verstehst du?" und Marc nickte.

„Zwei neue wichtige Menschen!", ließ er sich plötzlich vernehmen und räusperte sich noch einmal. „Ich glaube, ich weiß schon, wer der eine ist." Constanze wurde wieder ein wenig rot. Aber Marc sagte nichts weiter und sie fragte nichts. Schweigend saßen sie eine Weile da und hingen ihren Gedanken nach. „Aber so richtig weiß ich immer noch nicht, was bei uns zu Hause eigentlich los ist!", begann Marc wieder. „Und wie soll ich da der Schlüssel sein?", fuhr er zweifelnd fort. Constanze sah ihn an.

„Ich weiß, was du meinst!", erklärte sie mit Nachdruck. „Den Eltern gegenüber kommt man sich immer so dumm vor. Na ja, nicht immer!", schränkte sie ihre Aussage wieder ein. „Aber eben wie ein Kind" „ Genau!", stimmte Marc zu, „Dabei haben die keine Ahnung, was in einem vorgeht! Die denken, ich merke nicht, was zu Hause los ist! Und wenn ich frage, kriege ich Baby-antworten!" Constanze nickte zustimmend. „Aber wenn Madame Segreto gesagt hat, du kannst der Schlüssel sein, dann kannst du das auch! Gerade, weil du kein Kind mehr bist. Ehrlich, wir werden bald dreizehn!" „Allerdings!", stimmte Marc zu und setzte hinzu „Das ist doch nicht normal, was da bei uns abgeht!" Wieder entstand eine kleine Pause. Dann sah Marc sie an. „Und du?", fragte er mit einem Lächeln, „Welche Veränderungen stehen an?" Aber das wusste Constanze auch nicht. Das Einzige, was sie Marc sagen konnte, war, dass sie heute so froh war wie schon lange nicht mehr. „Immerhin ein Anfang!", stellte sie fest und lächelte auch.

„Glaubst du, das stimmt, was Madame Segreto gesagt hat? Das mit dem Engel?", wollte Constanze wissen. „Wenn unser Schicksal in unserer Hand zu lesen ist, wieso soll es dann keine Engel geben?", erklärte Marc. „Irgendwie wäre das sogar sehr beruhigend. Jemand, der so auf einen aufpasst." „Also, wenn das ein echter Naturforscher sagt!", erwiderte Constanze in schel-mischem Ton. „Ob man den fühlen kann? Ich meine, ob man merkt, wenn er gerade da ist?", fügte sie hinzu. „Keine Ahnung!", erwiderte Marc, „Aber vielleicht kriegst du es ja noch raus!" „Ich bin echt gespannt, wie alles weitergeht mit uns!", erklärte Constanze. „Ich meine mit deinem Leben und meinem Leben!", verbesserte sie sich rasch, nachdem ihr aufgegangen war, dass Marc den Satz auch ganz anders auslegen konnte, als sie ihn gemeint hatte. Aber Marc hatte wohl nichts Komisches daran gefunden. Stattdessen erklärte er plötzlich entschlossen: „Weißt du was? Wir treffen uns am Sonnabend um drei in dem Eiscafé! In der Kastanienallee, das mit den blauen Schirmen! Da können wir uns gegenseitig unsere Geschichten erzählen!" Constanze strahlte. „Super, das machen wir!", willigte sie ein. „Gib mir aber vorsichtshalber deine Handynummer. Ich meine, falls dir oder mir was dazwischen kommt!", fügte sie hinzu. Nachdem sie ihre Nummern getauscht hatten, stand Marc auf und klopfte sich seine Jeans ab. „Lass uns losgehen!", forderte er Constanze auf. „Ich glaube, dort vorn war ein Eisladen!" „Du bist ein großer Eisesser, was?", bemerkte sie. Und während Constanze nun ebenfalls aufstand, überlegte sie, welches wohl Marcs Lieblingssorte wäre.

II.

Als Marc und Constanze in ihrem Heimatort ankamen, war es zehn vor fünf und damit die Möglichkeit, dass ihr Ausflug unentdeckt blieb, zunichte gemacht. Eigentlich hatten sie den Zug um vierzehn Uhr zehn nehmen wollen, aber der war wegen Leitungsschaden ausgefallen. „Der nächste fährt um sechzehn Uhr zwanzig!", hatte der Mann auf dem Bahnhof gesagt. Während Constanze und Marc auf den Zug gewartet hatten, waren ihnen die Folgen ihrer verspäteten Rückfahrt klar geworden. Constanze hatte noch versucht, ihre Mutter auf dem Handy zu erreichen. Aber es hatte niemand abgenommen. Marc hatte nur mit den Schultern gezuckt. „Ist eben so!", hatte er gesagt.

Marc und Constanze verließen das Bahnhofsgebäude und liefen auf den Bahnhofsvorplatz, von wo aus jeder den Fußweg nach Hause nehmen wollte. Marc hielt Constanze die Hand hin. „War ein toller Ausflug!", sagte er grinsend, „Ich rechne am Sonnabend fest mit dir!" Constanze schlug ein. „Ja, danke für alles! Ich komme bestimmt! Und viel Glück zu Hause!", fügte sie hinzu. Marc nickte und machte sich auf den Weg. Nach ein paar Metern drehte er sich hoch einmal um und sah, wie Constanze in eine Seitenstraße steuerte. Dann setzte er seinen Weg fort. Während der nun folgenden zwanzig Minuten dachte er viel nach. Auf der Habenseite des heutigen Tages stand ganz klar, dass er nicht schwer krank war. Die Erleichterung, die sich mit den Worten der Wahrsagerin eingestellt hatte, war immer noch vorhanden. Tief in sich wusste er, dass Madame Segreto die Wahrheit gesehen hatte. Ein weiterer Punkt war natürlich Constanze. Es war toll gewesen, mit jemandem richtig zu reden. Einfach so. Marc hatte gemerkt, dass Constanze mit seinem Problem mitgefiebert und mitgelitten hatte. Und das war auch toll. Er freute sich jetzt schon auf den nächsten Sonnabend. Auf der Nichthabenseite, so wie Marc sie nannte, stand die ungeklärte Situation zu Hause. Marc hatte das mulmige Gefühl, dass sich etwas zusammenbraute, was vielleicht schon heute auf ihn niedersausen würde. Etwas Unangenehmes war im Anzug, dem man nicht ausweichen konnte. Und dann sollte er noch der Schlüssel sein! Was sollte er denn falsch gemacht haben? Nichts! Jedenfalls nichts, was ihm bewusst war, wenn man von dem heutigen Ausflug einmal absah.

Als Marc die elterliche Wohnung betrat, hörte er die Stimmen der Eltern im Wohnzimmer. Sie verstummten wie auf Kommando, als er sich durch Geräusche bemerkbar machte. Marc legte seinen Rucksack ab und zog seine Schuhe aus. Nachdem er in seine Hausschlappen geschlüpft war, betrat er das Wohnzimmer, das vor unterdrückter Spannung zu vibrieren schien. Der Vater saß mit finsterem Gesicht im Sessel. Die Mutter hatte auf dem Sofa Platz genommen und ihr gerötetes Gesicht zeigte, dass sie wieder geweint hatte. „Aaahhh! Dein Sohn!", ließ sich der Vater nun vorwurfsvoll in Richtung Marc und Mutter vernehmen, wobei die Betonung ganz eindeutig auf „dein" lag. „Darf man eventuell fragen, weshalb er die Schule geschwänzt hat?", fuhr er in ironisch-gekränktem Tonfall fort. Vielleicht war es dieser Tonfall, vielleicht das Aufschluchzen der Mutter oder auch alles zusammen, das in diesem Moment bewirkte, dass das Puzzle, an dem Marc die ganze Zeit gearbeitet hatte, sich in Bruchteilen von Sekunden zusammensetzte und Marc eine Wahrheit offenbarte, die ihn die Frage des Vaters und überhaupt alles vergessen ließ. Er hatte einen anderen Vater! Einen anderen biologischen Vater! Deshalb die Speichelprobe! Deshalb das Weinen der Mutter und die Grübeleien des Vaters! Marc setzte sich wie in Trance. In seinem Kopf herrschte mit einem Mal Leere. „Ich habe dich etwas gefragt!", ließ sich nun der Vater in strengem Tonfall wieder vernehmen. Und dann zur Mutter gewandt, „Dein Herr Sohn zieht es offensichtlich vor, sich seiner Verantwortung durch Schweigen zu entziehen!". „Aber Edgar!", sagte die Mutter leise. Plötzlich fühlte sich Marc wütend. Seine Eltern ließen ihn seit Wochen im Dunkeln, und nun sollte er für alles herhalten! Er suchte nach einer passenden Antwort. „Ich dachte, ich muss sterben!", schrie er fast „Ihr habt mir ja nichts gesagt! Deshalb bin ich zu einer Wahrsagerin gefahren! Damit ich weiß, was mit mir, mit uns los ist! Aber jetzt ist mir alles klar geworden! Ich bin...ich habe..." und dann begann er zu weinen. Die Anspannung und Angst der letzten Wochen, die Vorwürfe des Vaters und seine Erkenntnis bewirkten einen Zusammenbruch seiner Selbstbeherrschung, der sich in einem heftigen Schluchzen niederschlug. Dieser Krampf bewirkte, dass die Mutter von dem Sofa aufstand, zu ihm herüberkam, ihn umschlang und in sein Weinen einstimmte, wobei sie ihn streichelte, und immer wieder schluchzend sagte, es tue ihr leid und sie habe ihn lieb. So blieben sie eine Weile zusammen. Vom Vater war nichts zu hören. Aber als Marc sich sachte aus den Armen der Mutter löste, um in seinen Jeans nach einem Taschentuch zu suchen, hörte er, wie die Wohnzimmertür sich leise schloss. Die Mutter ging zum Buffet, holte ein frisches Päckchen Taschentücher und nahm sich eines. Dann schneuzte sie sich, wischte die Tränen ab und setzte sich Marc gegenüber. „Es tut mir wirklich sehr leid!", begann sie und ihre Augen füllten sich wieder. „Als ich deinen Vater kennen lernte, war ich auch ein bisschen in meinen Hochschullehrer verknallt. Dr. Martin! Wir haben uns nach meinem Diplomabschluss ein paar Mal getroffen. Und auf einem Ausflug ist es dann passiert mit uns. Nur das eine Mal. Und als das mit Papa und mir ernst wurde und ich gemerkt habe, dass ich schwanger bin, habe ich wirklich geglaubt, du wärst von ihm!", berichtete sie mit um Verzeihung werbender Stimme. „Und wieso jetzt?", fragte Marc, „Wieso spielt das jetzt auf einmal eine Rolle?" „Eine Freundin, die von mir und Dr. Martin wusste, hat es weitererzählt. Na ja, und so hat es langsam die Runde gemacht. Und als dein Vater vor ein paar Wochen zum Abiturtreffen war, hat ihm jemand davon erzählt. Er hat mir Vorwürfe gemacht, dass ich ihm damals nichts gesagt habe. Und dann hat er plötzlich Zweifel gehabt, ob er wirklich dein Vater ist. Da habe ich ihm vorgeschlagen, einen Test zu machen. Ich war ganz sicher. Und dann war ich wie vor den Kopf geschlagen, als das Ergebnis kam!", konnte die Mutter gerade noch mit dünner Stimme ergänzen. Dann weinte sie wieder. „Er tut mir wirklich leid!", schluchzte sie. „Aber ich weiß nicht, was ich noch machen soll!" Marc reichte der Mutter ein frisches Taschentuch. „Bist du mir böse?", schniefte sie. Marc schüttelte den Kopf. Nein, er war nicht böse. Seine Mutter tat ihm leid. Und sein Vater auch. Obwohl: „Meinst du, das ändert etwas zwischen Papa und mir?", fragte er besorgt. „Ich weiß nicht!", gestand die Mutter, „Er muss das alles erst noch verarbeiten! Aber er will mit mir nicht darüber reden. Und sonst hat er doch keinen! Jedenfalls nicht dafür! Nur für Autos und solche Sachen!", endete sie. Marc nickte. „Weiß Dr. Martin….?" Marc beendete die Frage nicht. „Nein!", antwortete die Mutter. „Ich habe darüber nachgedacht. Wenn du möchtest, dass wir es ihm sagen, werde ich es tun! Aber jetzt müssen wir erst einmal selbst zurechtkommen!" Marc nickte wieder. Dann beschloss er, die Mutter ein bisschen abzulenken, und erzählte ihr von Madame Segreto und von Constanze. Als er geendet hatte, hatte sich die Mutter beruhigt und lächelte sogar ein bisschen. „Du bist ein toller Kerl!", sagte sie liebevoll, „Ich bin wirklich stolz auf dich! Ich weiß, ich hätte schon eher etwas sagen sollen! Aber ich habe gedacht, ich kann das mit deinem Vater allein klären. Irgendwie bist du doch auch noch ein Kind!" Marc lächelte. „Ich glaube, die Zeit ist vorbei!", antwortete er halb seufzend, halb selbstbewusst. Und dann nahm er seine Mutter, die seit circa einem Monat nur noch genau so groß war wie er selbst, zum ersten Mal seit sehr langer Zeit in die Arme.

Als die Mutter kurze Zeit später in der Küche verschwand, um das Abendbrot vorzubereiten, richteten sich Marcs Gedanken auf den Vater. Ob der ihn jetzt noch lieb hatte? Natürlich! Oder etwa nicht? Wieso war der dann aber ihm gegenüber so abweisend? Vielleicht war es ihm peinlich? Na, bei den Liebesfilmen im Fernsehen war auch immer ganz schön was los, wenn einer von zwei Verliebten einen anderen gut fand. Dann wurde gekämpft und gestritten. Manchmal sogar einer ermordet, wenn es ein Krimi war. Ob es seinem Vater auch so ging? Wahrscheinlich schon. Obwohl, so richtig verstehen konnte das Marc nicht. Man konnte doch immer noch jemanden zusätzlich lieb haben. Da nahm man doch dem anderen nichts weg. Zum Beispiel heute. Dass er Constanze gut fand, war klar. Aber das hieß doch nicht, dass er deshalb jemand anderen weniger gern hatte. Wieso machten die Erwachsenen es bloß so kompliziert? „Warte ab, bis du erwachsen bist!", hatte die Mutter einmal erwidert, als er die Rede darauf gebracht hatte. Marc schüttelte den Kopf. Wenn er erwachsen war und Constanze hätte jemand anderen gern, bedeutete das doch, der wäre auch in Ordnung. Dann konnten sie sich doch alle mögen. Und diese Traurigkeit, die seit Wochen zu Hause geherrscht hatte. Das war doch die ganze Sache nicht wert. Was machte es denn schon, wenn er einen anderen biologischen Vater hatte. Ein Vater war doch der, der für das Kind da war oder? Marc schloss die Augen. Irgendwie konnte er sich keinen anderen Vater vorstellen. Er kannte doch jede Einzelheit seines

Vaters. Worüber der sich freute. Wie er sich die Zähne putzte. Welche Kollegen er nicht mochte! Eben alles! Das war doch jetzt nicht anders als vorher! Marc dachte an Madame Segreto. „Du bist der Schlüssel!", hatte sie gesagt. Jedenfalls so ähnlich. Und Constanze hatte gesagt, er schaffe das schon. Aber was sollte er denn machen. Sollte er vor die Eltern treten und sagen: „Vertragt Euch! Es ist doch gar nichts passiert!" Nein, das wohl nicht. Außerdem war Reden nicht seine Stärke. Ihm war irgendwie mulmig zumute. Wenn der Vater von ihm nun doch nichts mehr wissen wollte? Weil er ihn nun immer an den anderen erinnerte? Gern hätte er dem Vater gesagt, wie sehr er ihn brauchte. Und dass er sich ein Leben ohne ihn gar nicht vorstellen konnte. Aber so etwas konnte er nicht sagen. Zumindest nicht laut.

Marc sah sich um. Wo der Vater wohl stecken mochte? Aber obwohl seine Hausschuhe im Flur fehlten, war er nicht in der Wohnung. Er war auch nicht im Keller oder vor dem Haus. Marc ging in die Küche. „Papa ist weg!", war alles, was er sagen konnte. Die Mutter schaute besorgt von ihren Vorbereitungen auf. „Vielleicht macht er ja einen Spaziergang?", schlug sie vor. „In Hausschuhen?", fragte Marc und die Mutter seufzte sorgenvoll.

Marcs Vater hatte tatsächlich beabsichtigt, einen kurzen Spaziergang um den Block zu machen. Er brauchte einen klaren Kopf. So ging das nicht weiter mit ihm und Gisela. Außerdem verspürte er ein schlechtes Gewissen gegenüber dem Jungen. Der konnte schließlich nichts dafür. Aber als er die Zwei im Wohnzimmer gesehen hatte, war er sich ausgeschlossen vorgekommen. Klar, dachte Marcs Vater, ich bin wieder der Böse. In seiner Zerrissenheit merkte Marcs Vater nicht, dass er die Straße in Hausschuhen betrat. Er schlug den Weg in den Park ein, wobei er beabsichtigte ihn zu durchqueren, einen Bogen zu schlagen und dann nach Hause zurückzukehren. Bis dahin hoffte er zu einem Entschluss gekommen zu sein. Verdammt! Diesen Dr. Martin hatte er nur einmal gesehen, aber hatte ihn schon damals nicht gemocht. Herr Doktor. Er selbst war ja nur ein Gas-Wasser-Scheiße-Installateur. Marcs Vater bog nun in den Park ein, wobei er sich von Herzen Leid tat. Mit voller Inbrunst schimpfte er vor sich hin und war sich der fehlenden Liebe seiner Frau inzwischen fast sicher. Da seine Aufmerksamkeit nach innen gerichtet war, entging ihm völlig, dass ihm zwei uniformierte Beamte entgegenkamen, die ihn aufmerksam beobachteten. Die Beamten ihrerseits hatten wie alle Kollegen ihres Reviers vor zwei Stunden die Meldung erhalten, dass ein verwirrter Insasse eines Pflegeheims abgängig war und wahrscheinlich nicht mehr allein nach Hause fände. Als sie Marcs Vater erblickten, sahen sie einen Mann mittleren Alters mit einem Drei-Tage-Bart, der außerordentlich blass aussah. Er trug offensichtlich Hausschuhe und redete unablässig vor sich hin. Die Polizisten sahen sich an und nickten sich zu. Als sie Marcs Vater erreicht hatten, versperrten sie ihm den Weg. „Naaa, wo soll es denn hingehen? Vielleicht können wir helfen?", fragte nun der kleinere von beiden Marcs Vater in gönnerhaftem Ton. Marcs Vater, noch voll in seinen Groll versunken, sah auf. Die hatten ihm gerade noch gefehlt. Konnten die sich nicht um jemanden kümmern, der es nötig hatte? Oder Verbrechen verhindern? Nein, da mussten harmlose Bürger belästigt werden, nur weil sie einen Spaziergang machten. „Nein, können Sie nicht!", antwortete er deshalb in patzigem und angriffslustigem Ton. „Oder können Sie die Sache mit dem verdammten Dr. Martin klären? Ich glaube nicht!" Damit wollte sich Marcs Vater an den Polizisten vorbei drängen. Zu seiner Überraschung hielt ihn jedoch der größere fest. „Sie haben Angst vor Dr. Martin?", sagte er mit einer kleinen Spur Schadenfreude in der Stimme, wie Marcs Vater fand. „Aber der will doch sicher nur Ihr Bestes!" „Bitte kommen Sie mit, dann können wir alles klären!", ergänzte nun der Kleine und nahm den anderen Arm von Marcs Vater. „Also was soll denn das?", empörte sich nun Marcs Vater und versuchte sich von den Griffen der Polizisten zu befreien. „Ich mache hier nur einen Spaziergang!" „In Hausschuhen?", fragte nun der Große wieder in überlegenem Tonfall. Marcs Vater sah an sich herunter, entdeckte die Hausschuhe und stöhnte innerlich. „Können Sie sich denn ausweisen?", wollte nun der Kleinere wissen. Marcs Vater schüttelte den Kopf. „So, so", meinte der Große und fügte hinzu „Na, das klären wir jetzt mal schön auf dem Revier". Marcs Vater hätte sich jetzt vielleicht noch retten können, wenn er in der Lage gewesen wäre, den Polizisten in Ruhe zu schildern, wie er in diese Situation geraten war. Aber das war unmöglich. Das Gefühl, vom Leben betrogen worden zu sein, das auf dem Klassentreffen geboren worden und seither ständig angewachsen war, nahm nun überhand. Er, der nichts falsch gemacht hatte, wurde von seiner Familie verachtet und wie ein Verbrecher abgeführt! Warum verurteilte man ihn nicht gleich zum Tode? Er bedeutete doch sowieso niemandem mehr etwas! Derart finstere Gedanken schlugen nun über ihm zusammen. Eigentlich war ihm die Verhaftung, wie er sie bei sich nannte, ganz recht. Sie passte zu seiner Stimmung. Allerdings hoffte ein Teil von ihm sehr, dass sich Gisela und der Junge vielleicht Sorgen machen würden.

Das Verschwinden des Vaters gab Marc Zeit, weiter über alles nachzudenken. Zunächst hatten er und die Mutter ein paar Überlegungen angestellt, wo der Vater wohl in Hausschuhen hingegangen war, und die Mutter hatte sich noch einmal auf der Straße und dem Hof umgesehen. Dann hatten sie beschlossen, erst einmal abzuwarten. „Vielleicht will er ja nur ein bisschen allein sein!", hatte die Mutter gemeint. Deshalb war Marc in sein Zimmer gegangen und hatte sich aufs Fensterbrett gesetzt, die Beine gegen die Fensternische gestemmt. Er musste das alles erst einmal sacken lassen. Er hatte noch einen anderen Vater. Wenn er das Constanze erzählen würde! Wenn überhaupt jemandem, dann höchstens ihr. Marc fand es toll von ihr, dass sie ihm heute so beigestanden hatte. Und schließlich hatte sie ihm ja auch erzählt, was mit ihr los war. Dass sie immer traurig war.

Jedenfalls hatte er es so verstanden. Mädchen waren schon irgendwie komisch! Wie konnte man immer traurig sein. Dass er traurig gewesen war, verstand sich! Schließlich hatte er gedacht, er hatte eine schlimme Krankheit oder so. Aber ohne Grund? So ein bisschen war ihm ja komisch gewesen, als er sie gefragt hatte, ob sie sich im Eiscafé treffen würden. Die Mädchen in seiner Klasse hätten bei der Frage gleich sonst was gedacht. Nun bin ich das erste Mal ganz allein mit einem Mädchen verabredet, schoss es Marc durch den Kopf. Einfach so! Eigentlich ein gutes Gefühl, dachte er, wirklich gut! Dann klingelte das Telefon.

III.

Als Constanze zu Hause eintraf, fand sie die Wohnung, die sie gemeinsam mit der Mutter bewohnte, zu ihrer Erleichterung leer vor. Das bedeutete, dass die Mutter wieder einmal länger arbeite-te, und gab ihr Gelegenheit, den Tag erst einmal zu verdauen. Außerdem bedeutete es, dass sie ihr schlechtes Gewissen um eine Sünde erleichtern konnte. Die Mutter hatte sich keine Sorgen machen müssen, denn sie hatte von ihrem Ausflug gar nichts bemerkt. Constanze legte ihre Schuhe und Schulsachen ab und ging in die Küche, um Tee-wasser aufzusetzen. Dann räumte sie die Sitzecke in der Küche ein wenig auf und deckte den Tisch mit Tassen, Keksen und Tellern. Als sie den Tee aufgebrüht hatte, lief sie ins Wohnzimmer, ließ sich in einen Sessel fallen und begann ähnlich wie Marc zu sinnieren. Fest stand, dass sie sich heute das erste Mal seit unendlich langer Zeit wieder froh fühlte. Und voller Hoffnung. Welche Veränderungen wohl anstanden? Ob Marc etwas damit zu tun hatte? Als er sie eingeladen hatte, sich am Sonnabend zu treffen, war ihr ganz komisch geworden. So wie im Laden, als ihr Bauch eine kleine Achterbahnfahrt unternommen hatte. Aber an so etwas wie Liebe hatte Marc sicher nicht gedacht. Der hatte doch echt andere Probleme. Oder doch? Constanze versuchte sich an Marcs Tonfall und seinen Gesichtsausdruck zu erinnern. Die Frage war außerdem, ob sie das überhaupt wollte, so ein Mädchen-Jungen-Liebe-Ding. Früher war sie sowohl mit Mädchen als auch mit Jungs befreundet gewesen und hatte nichts dabei gefunden. Aber seit ein, zwei Jahren war das anders. Mädchen waren mit Mädchen zusammen und Jungs mit Jungs. Man traf sich höchstens in der Gruppe. Wenn man sich mit einem Jungen verabredete, war das normalerweise ein öffentliches Ereignis, was schulauf und schulab kommentiert wurde. Bisher hatte sie darüber nicht nachgedacht. Wer sich mit einem Jungen traf, war verliebt, klar. Aber plötzlich fand sie dieses Getue affig. Wieso konnte man eigentlich mit einem Jungen nicht einfach nur befreundet sein?

Als Constanze mit ihren Überlegungen so weit gekommen war, hörte sie, wie die Mutter den Schlüssel in der Wohnungstür umdrehte. Sie stand auf, lief ihr entgegen und umarmte sie so fest wie schon lange nicht mehr. „Kind, du erdrückst mich!", sagte die Mutter in leicht ersticktem Tonfall. Als sie die kleine Falte an Constanzes Nasenwurzel bemerkte, fügte sie hinzu „Ich meine junge Frau!" und lächelte. Constanze beschloss, das Kind-Thema diesmal durchgehen zu lassen und ging vor der Mutter her in die Küche. „Ah! Tee!", rief diese, als sie den gedeckten Esstisch sah, und ließ sich seufzend auf einen Stuhl fallen. Dann schenkte sie Tee in die Tassen und es trat Stille ein. Während Constanze sich noch durchzuringen versuchte, was von ihrem heutigen Ausflug sie der Mutter beichten und ob sie das eine oder andere nicht weglassen sollte, stellte diese plötzlich ihre Teetasse ab und holte tief Luft. „Ich muss mit dir reden!", sagte sie in dem Tonfall, der normalerweise eine längere Aussprache zwischen Mutter und Tochter einleitete. Constanze sah sie überrascht an. Hatte sie von ihrem Ausflug doch Wind bekommen? Aber die Mutter schien mit den Gedanken anderswo und wirkte seltsam unsicher.

„Ähm", machte sie und noch einmal „Na ja!" Dann entstand wieder eine Pause. „Ich habe jemanden kennengelernt!", platzte sie dann heraus, als würde das alles erklären. Bis zum gestrigen Tag hätte Constanze auf diese Bemerkung mit Abwehr reagiert. Sie und die Mutter lebten seit fünf Jahren allein zusammen und alles in allem waren sie ein gutes Team, fand Constanze. Sie hatten sich und brauchten niemand. Aber heute war eben heute und Constanze verstand die Mutter. Jedenfalls fühlte sie eine Verbundenheit, die gestern noch nicht dagewesen war. Deshalb antwortete sie „Ich auch!", und die Mutter sah verblüfft zu ihr herüber. Constanze grinste. „Du zuerst!", forderte sie die Mutter auf und nahm noch einen Schluck Tee. Dann erklärte die Mutter, dass Johannes Professor an der Universität war, geschieden, und selbst zwei Kinder hatte. Sie hatte im Theater neben ihm gesessen. „Es ist was Ernstes!", sage sie, „Er möchte dich kennenlernen!". Tausend Fragen schossen Constanze durch den Kopf. Sie stellte die naheliegende. „Zieht der jetzt bei uns ein? Mit den Kindern? Oder was?" Bei allem Verständnis für die Mutter war ihr das wirklich ein bisschen viel. Sie konnte doch nicht mit einem Fremden zusammen wohnen. Und wenn sie ihn nicht mochte? „Ganz ruhig! So weit sind wir noch nicht!", beruhigte die Mutter. „Erst mal kennenlernen! Und wenn, dann suchen wir uns zusammen etwas Neues!", fügte sie zögernd hinzu. Dann nahm sie Constanzes Hand. „Ich weiß, das musst du erst mal verdauen! Aber wenn du in ein paar Jahren aus dem Haus gehst, will ich nicht allein bleiben, verstehst du?" Constanze nickte. Es war komisch, zum ersten Mal in ihrem Leben hatte sie das Gefühl, als habe sie mit der Mutter die Rollen getauscht, denn sie fühlte, die Mutter war unsicher und brauchte Trost. Dann fiel ihr ein, was Madame Segreto gesagt hatte. Es stünden Veränderungen an. Und schon waren sie da. Das war einfach unglaublich. Und weil unausgesprochen der Wunsch der Mutter in der Luft lag, sie würde mit dem Kennenlernen einverstanden sein, beschloss Constanze, dass es ein guter Zeitpunkt zum Beichten war, und erzählte ihre Geschichte, ohne etwas davon wegzulassen. Als sie geendet hatte, sah Constanze, dass der Mutter die Tränen in den Augen standen. „Ich habe gar nicht gemerkt, dass es dir nicht gut geht!", stammelte sie, „Ich war so mit mir selbst beschäftigt" Und plötzlich begann sie zu weinen. „Ach Mutti, es ist doch alles gut! Wirklich!", rief Constanze und warf sich nun ebenfalls aufschluchzend der Mutter in die Arme. Und in dieser Nacht schlief Constanze zum ersten Mal seit einem Jahr wieder bei ihrer Mutter, und wie in alten Zeiten redeten die beiden, bis die Mutter eingeschlafen war. Dann drehte sich Constanze auf die Seite und träumte ein bisschen vor sich hin. Der letzte Gedanke vor dem Einschlafen war der Entschluss, am Sonnabend das Kleid mit den Spaghettiträgern anzuziehen.

IV.

Als Marc und seine Mutter im Polizeirevier eintrafen, hatte Marcs Vater reichlich Zeit zum Überlegen gehabt. Die beiden Polizisten hatten ihn in einem Raum Platz nehmen lassen, der offensichtlich für Verhöre benutzt wurde. Dann hatte der Große zwei Anrufe getätigt, in deren Ergebnis er seine Großspurigkeit verloren hatte. Das Gefühl, dass der sich über seinen Fehler ärgerte, hätte vielleicht bei Marcs Vater für Schadenfreude sorgen können, aber er hatte sich plötzlich nur noch ausgelaugt gefühlt. Und als der Kleine ihn gefragt hatte, was er in Hausschuhen im Park gemacht habe, hatte Marcs Vater einfach Zerstreutheit auf Grund eines langen Arbeitstages vorgeschoben und der Große hatte fast dankbar genickt. „Ja, geht uns auch oft so!", hatte er gesagt und es hatte ein bisschen erleichtert geklungen. Dann hatte der Kleine vorgeschlagen, sich abholen zu lassen, weil der Streifenwagen zu einem Unfall fahren musste. Er hatte mit Gisela, seiner Frau, telefoniert und ihm kurz Bescheid gegeben, dass Hilfe unterwegs sei. Dann waren die beiden gegangen und er war allein mit seinen Gedanken zurück geblieben. Wahrscheinlich war es die völlige Erschöpfung, die dafür sorgte, dass er zum ersten Mal sehen konnte, wie schlecht es Gisela in den letzten Wochen gegangen war. Und wie er seinen Jungen heute behandelt hatte. Als sei der an allem Schuld. Und plötzlich sah Marcs Vater deutlich, dass es um eine Sache ging, die ewig her war und dass ihm die bedeutsamer erschienen war als all die Gemeinsamkeiten der letzten vierzehn Jahre. Und so sehr, wie er im Park die Wut gefühlt hatte, begann nun die Verzweiflung über ihm zusammen zu schlagen. Was hatte er sich nur gedacht? Was hatte er nur getan?

Als Gisela und Marc zehn Minuten später den Vernehmungsraum betraten, sagte keiner etwas. Marcs Vater war die Kehle wie zugeschnürt. Marc, zwischen Furcht und Sehnen hin- und hergerissen, traute sich kaum, zum Vater hinüber zu sehen. Aber im Raum lag jene Schwingung, die zwischen Menschen herrscht, wenn sich die Nebel der Zweifel und Selbstzweifel verziehen und die Sonne der Zuneigung sich wieder Bahn bricht. Das spürten alle drei. „Das Abendbrot wartet!", sagte Marcs Mutter nach einer Weile und räusperte sich. Marcs Vater lächelte ein bisschen schief. „Na dann!", sagte er, ging zur Tür hinüber, wo er Marc und Gisela den Vortritt ließ. Und obwohl während der nun folgenden Autofahrt und des anschließenden Essens keiner mehr viel redete, schliefen sie alle drei am Ende dieses sehr langen Tages voller guter Träume ein.

V.

Eigentlich hätte Marc am folgenden Sonnabend ganz entspannt am Eiscafé stehen können. Zwischen den Eltern lief es seiner Meinung nach immer besser, und erst heute früh hatte er gesehen, dass der Vater die Mutter in den Arm genommen hatte. Obwohl es ihm früher oft peinlich gewesen war, Zeuge solcher Liebesdinger, wie er sie nannte, zu werden, war er dieses Mal gerührt und wirklich froh. Außerdem hatte der Vater vorgeschlagen, in den Ferien nach Italien zu fahren. Diesen Vorschlag hatte Marc sofort als Wiedergutmachung ausgelegt, da sich der Vater in den letzten Jahren standhaft geweigert hatte, im Sommer in „die Hitze" zu fahren, und stets die Ostsee, Dänemark oder Schweden durchgesetzt hatte. Das alles machte Marc sehr froh. Natürlich hatte er seit dem Montag auch hin und wieder an seinen biologischen Vater gedacht. Ein bisschen neugierig war er schon auf ihn. Aber auf der anderen Seite war es ihm wichtiger, dass es zu Hause weiter gut lief. Er fand, dass sie sich mit dieser Sache Zeit lassen sollten. Außerdem hatte der Doktor Martin ja bestimmt auch eine Familie, die sicher nicht gerade Hurra schreien würde, wenn er vor der Tür stand. Schließlich hatte er am eigenen Leibe erfahren, wie einen eine solche Nachricht aus der Bahn werfen konnte.

Nein, dass Marc trotz alledem seltsam nervös war, hatte mit seiner Verabredung mit Constanze zu tun. Seltsam, als sie sich im Zug begegnet waren, war es ihm ganz natürlich vorgekommen, mit ihr zu reden und sich zu verabreden. Aber jetzt? Mindestens zehnmal hatte er sich schon überlegt, wie er sie begrüßen sollte, aber alles war ihm entweder zu nichtssagend oder zu persönlich vorgekommen. Marc stieß langsam die Luft zwischen den Zähnen aus. Wieso war ein Mädchen-Jungen-Ding nur so kompliziert. Wenn man schon über die Begrüßung nachdenken musste, wie sollte man sich denn da normal unterhalten? Ob er einfach wieder ging? Nein! Schließlich hatten sie ja zusammen etwas erlebt. Das verband doch irgendwie. Nun sah er sie über den Platz kommen. Constanze winkte und Marc registrierte, dass sie hübsch war, was ihn noch nervöser machte. Er rang sich ein Lächeln ab, das ebenso schief geriet wie das des Vaters am Montagabend. Als sie vor ihm stand, sagte einen Moment lang keiner der beiden etwas. Dann öffneten sie fast gleichzeitig den Mund. „Ich habe einen anderen Vater, ich meine, biologisch gesehen", stieß Marc hervor, während Constanze „Meine Mutter hat einen neuen Freund!" von sich gab. Verblüfft herrschte wieder kurzes Schweigen und dann lachten beide wie befreit. „Junge, Junge!", sagte Marc, „Bei uns ist ganz schön was los!" „Kann man wohl sagen!", antwortete Constanze. Beide fühlten plötzlich eine Fröhlichkeit, die sie in Worten nicht hätten aus-drücken können. Dann gingen sie gemeinsam in das Café.

Der Wunsch

Karl

„Oh Mann, das weiß doch jedes Baby!" Die Stimme von Jason tönte durch das Klassenzimmer der 3a. „Also wirklich!", wiederholte er und schnaubte einen halb gönnerhaften, halb verwunderten Ton. Dann zeigte er auf Karl und verkündete lautstark: „Der glaubt noch an den Weihnachtsmann!", was von den anderen Jungen und einem Teil der Mädchen mit einem Lachen quittiert wurde. „Natürlich gibt es den nicht! Die Eltern besorgen die Geschenke, ist doch ganz klar!", fiel Fabian in einem Tonfall ein, der ahnen ließ, dass er mit diversen teuren Geschenken rechnete. Na ja, kein Wunder, dachte Karl. Fabians Vater besaß zwei Autohäuser und hatte jede Menge Geld. Und richtig, schon begann Fabian mit Jason und zwei weiteren Jungs über gerade angesagte Weihnachtsgeschenke zu debattieren. Karl seufzte und drehte sich zum Fenster. Draußen fiel Schnee, weshalb wohl mit einer weißen Weihnacht zu rechnen war. Seine Mutter fand das „Romantisch!" und war begeistert. Sein Vater hingegen hatte den kleinen Traktor, mit dem er Schnee schieben konnte, durchgecheckt und schob jetzt für fast alle Leute aus dem Dorf den Schnee. Besonders für die alten Leute, die sich das nicht mehr so recht zutrauten und deshalb Karls Vater unendlich dankbar waren. Karl lehnte seine Stirn an das Fenster. Alles war von einer dichten weißen Decke überzogen. Bis zum Fest war es genau noch eine Woche.

Karl schaute weiter hinaus und ließ seine Gedanken schweifen, wobei er gelegentlich von seinem Pausenbrot abbiss. Natürlich wusste er, dass die Geschenke, die jedes Jahr unter dem

Weihnachtsbaum lagen, eigentlich von den Eltern ausgesucht wurden. Die Mutter hatte ihm das im letzten Jahr erklärt, als er gefragt hatte, weshalb sie seine Ritterburg, die beschädigt in dem Lego-Baukasten gelegen hatte, hatte umtauschen können. „Dann gibt es überhaupt keinen Weihnachtsmann?", hatte er erschrocken gefragt. „Nein, leider nicht!", hatte die Mutter geantwortet und ihm über den Kopf gestrichen. So ein bisschen traurig hatte sie dabei auch ausgesehen, so, als könnte sie ab und zu auch mal einen Weihnachtsmann brauchen. Und deshalb hatte er ihr eigentlich geglaubt. Aber wenn das so war, würde er niemals bekommen, was er sich sehnlichst wünschte. Nein, nicht nur sehnlichst, aller-, aller-, aller-sehnlichst! Früher hatte sich Karl zum Weihnachtsfest neben Spielsachen oft ein Geschwisterkind gewünscht. Jemanden, mit dem man spielen konnte und der abends nebenan im Bett lag. Mit dem man Pläne schmieden konnte und der über Witze lachen würde, die die Eltern nur müde belächelten. Gelegentlich hatte er Mutter oder Vater danach gefragt. Aber die hatten immer gesagt, daraus würde nichts, und wenn Karl gefragt hatte, warum, war die Mutter rot geworden und der Vater hatte etwas von „Das schafft der Storch im Winter nicht!" gemurmelt, was dann wiederum von der Mutter mit einem Kopfschütteln quittiert wurde. Jedenfalls war Karl daraus nicht wirklich schlau geworden. Im Frühjahr oder Sommer war er dann manchmal vor dem Storchennest am Schlossteich stehen geblieben, hatte hinauf gespäht und, wenn er unbeobachtet war, den Storch um einen Bruder oder ein Schwesterchen gebeten. Vorsichtshalber hatte er im vorigen Jahr einen handgeschriebenen Zettel unter einen Stein am Storchennest abgelegt. Aber passiert war nichts. Nun war Karl bereits neun Jahre alt und wusste, selbst wenn das mit einem Bruder dieses Jahr klappen sollte, würde es ewig dauern, ehe der mit einer Ritterburg etwas anfangen könnte.

Dann, ganz plötzlich vor drei Monaten, hatte sich Karl verliebt. In einen Hund. Einen Cockerspaniel mit lockigem Fell und großen, treuen Hundeaugen, wie er ihn in der Kinderzeitschrift von der Apotheke, die Mutter ihm manchmal mitbrachte, gesehen hatte. Einen Hund, der mit ihm herumtollte, mit ihm kuschelte und ihm abends Gesellschaft leistete, wenn ihn die Eltern wieder mal viel zu früh ins Bett schickten. Dass er bei seinem Herzenswunsch nicht auf seine Eltern zählen konnte, lag nicht am Geld. Da war schon eher das Fahrrad ein Problem, das er im Fahrradgeschäft in der Stadt gesehen hatte. Mit einer Shimano-Gangschaltung, dunkelblau lackiert und allerlei technischen Finessen. Ein solches Fahrrad war einfach zu teuer. Aber für einen Hund würde es reichen, denn der Vater war ein gefragter Kfz-Meister und Mutter verdiente als Arzthelferin auch nicht schlecht. Das Problem war, dass die Eltern der festen Überzeugung waren, ein Hund würde ihre ohnehin schon knapp bemessene Freizeit noch weiter verkürzen, so dass am Ende nichts mehr übrig blieb. Mutter hatte ihm vorgehalten, wie viel Zeit es kostete, neben ihrer Arbeit in Schichten das kleine Haus nebst Garten sauber zu halten, und Vater hatte ihn gefragt, ob er ernstlich erwarte, er werde jeden Morgen um fünf Uhr aufstehen, damit der Hund ein Häufchen machen könne. Außerdem müsse so ein Hund erzogen werden, hatte der Vater hinzugefügt und auf die Kosten und den Zeitaufwand für eine Hundeschule verwiesen. Sooft Karl auch das Bild des Hundes gezeigt und gebettelt hatte, sooft er auch versichert hatte, alle Arbeiten mit dem Hund ganz allein übernehmen zu wollen, die Eltern waren hart geblieben. Am Ende hatte er der Übermacht der durchaus vernünftig klingenden Gründe von Mutter und Vater nichts mehr entgegen zu setzen gehabt. Insgeheim war Karl jedoch der Ansicht, dass sich schon alles finden würde, wenn man den Hund nur lieb hatte. Aber das verstanden Karls Eltern eben nicht. Aber der Weihnachtsmann, ja der Weihnachtsmann, der wüsste das. Dem musste man nichts erklären. Karl seufzte erneut und, als die Stundenklingel schellte, setzte er sich in seine Bank und begann von dem Hund zu träumen.

Karls Mutter

Zwei Tage später betrat Karls Mutter entsprechend ihrem wöchentlichen Haushaltsplan mit Staubsauger und Staublappen bewaffnet das Zimmer ihres Sohnes. Heute hatte sie sich vorgenommen, besonders gründlich zu sein. Schließlich sollte zum Fest alles glänzen. Karls Mutter sah sich im Zimmer um und stöhnte innerlich. Dass der Junge auch gar keine Ordnung halten konnte. Das war kein Kinderzimmer, sondern ein wahr gewordenes Chaos. Zugegeben, ein liebenswertes Chaos, dachte sie und schmunzelte ein wenig. Auf dem Schreibtisch stand ein Hexenhaus aus Knete, das von diversen ausgeschnittenen Pappstreifen, angefangenen Knetrollen und einer ausgelaufenen Tube Klebstoff umgeben war. Auf dem Bett tummelten sich unter der hastig übergeworfenen Tagesdecke diverse Plüschtiere, und auf dem Fußboden waren sämtliche gefundenen „Schätze" der letzten Wochen fein säuberlich aufgereiht. Dazu gehörten eine offensichtlich ausrangierte Baustellenbeleuchtung, die Karl am Glascontainer des Dorfes gefunden hatte, zwei ehemals bemooste Steine, die inzwischen getrocknet waren, diverse Federn und ein merkwürdig aussehendes Stück Plastik, von dem niemand wusste, wofür es zu gebrauchen war, weshalb Karl es auf seine „Liste der zu untersuchenden Dinge" gesetzt hatte. Seufzend begann Karls Mutter die Schätze ihres Sohnes einzusammeln und im Zimmer Ordnung zu schaffen. Danach sah das Zimmer, wie sie fand, schon viel gemütlicher aus. Jedenfalls nach ihren Maßstäben. Als sie dem Teppich mit dem Staubsauger zu Leibe rückte, brachte dieser plötzlich mit einem Blubb das abgegriffene Hundeposter unter dem Bett hervor.

Und obwohl Karls Mutter sich gewöhnlich ärgerte, wenn der Junge einfach Dinge unter dem Bett verschwinden ließ, die sich dann regelmäßig im Staubsauger verfingen, musste sie lächeln, als sie das Hundebild sah. Das Lächeln war nicht von der Sorte, mit der eine Mutter nachsichtig die Schwächen ihres Kindes belächelt, sondern kam tief aus ihrem Innern und schlug eine Brücke zu der Zeit, als sie selbst noch ein kleines Mädchen gewesen war. Karls Mutter zog das Bild, das nun ein bisschen zerknittert war, glatt, schaltete den Staubsauger aus und betrat vorsichtig die Brücke in ihre Vergangenheit. Sie hatte mit ihrer Mutter und zwei jüngeren Brüdern im zweiten Stock eines Mietshauses einer mittelgroßen Stadt gewohnt. Der Vater war kurz nach der Geburt ihres jüngsten Bruders verunglückt. Die Mutter war danach allein geblieben, den ganzen Tag damit beschäftigt, Geld zu verdienen und den Haushalt sowie drei Kinder zu managen. Deshalb hatte sie selbst neben der Schule auch noch die Verantwortung für einen Teil des Haushaltes und ihre Brüder getragen. Das war hart, und manchmal wäre die kurz angebundene Art der Mutter und das Quengeln ihrer Brüder zu viel gewesen, wenn es Frido nicht gegeben hätte. Frido war der Dackel von Herrn Werner, der im Erdgeschoss wohnte. Frido war der Einzige, der sich immer freute, wenn er sie sah, und der für jede Kleinigkeit, die sie ihm von ihrem Essen aufsparte, dankbar war. Manchmal durfte sie Frido Gassi führen oder ihn in der Wohnung von Herrn Werner bürsten. Dann hielt der Hund immer ganz still und schaute mit seinen warmen braunen Augen dankbar zu ihr auf. Mit Frido hatte sie geredet wie mit einem Menschen, und oft hatte sie das Gefühl gehabt, er verstehe alles. Als Herr Werner starb und Frido in fremde Hände gegeben wurde, hatte sie wie ein kleines Kind geweint, obwohl sie schon dreizehn Jahre alt gewesen war. Sie hatte die Mutter gebeten, ihn behalten zu dürfen, aber deren „Schlag dir das aus dem Kopf!" war so bestimmt gewesen, dass sie nicht ein zweites Mal gefragt hatte. Ja, Frido hatte Wärme und Liebe in ihr Leben gebracht, erinnerte sich Karls Mutter jetzt und seufzte. Vorsichtig legte sie das Bild auf den Schreibtisch des Jungen und für den Bruchteil einer Sekunde sehnte sie sich nach Frido.

Plötzlich schüttelte Karls Mutter den Kopf. Was war heute nur mit ihr los? Wieso saß sie hier und kramte in alten Erinnerungen herum? Sie hatte doch wahrhaftig genug zu tun. Schließlich mussten die Wohnung gründlich sauber gemacht und das Weihnachtsfest vorbereitet werden. Am Weihnachtsabend musste alles perfekt sein! Karls Mutter warf einen letzten Blick auf das Hundeposter. Nein, ein Hund kam natürlich nicht in Frage, aber sie beschloss mit ihrem Mann zu reden, dem Jungen doch ein neues Fahrrad zu schenken. Sie hatte gesehen, mit welchem Blick er das blaue Rad im Geschäft in der Stadt angesehen hatte. Eine ordentliche Überraschung sollte der Weihnachtsmann schon bringen.

Karls Vater

Einen Tag vor Heiligabend fuhr Karls Vater pfeifend mit dem Auto zu dem unweit des Hauses gelegenen Wald. Er war in eine dicke Winterjacke eingemummelt und plante, wie in jedem Jahr, den idealen Weihnachtsbaum zu finden, ihn selbst zu fällen, seiner staunenden Familie zu präsentieren und die wohlverdiente Bewunderung dafür zu einzuheimsen. Karls Vater war ein Mann der Tat. Gleich, ob es sich um die Reparatur von Fahrzeugen aller Art, das Verlegen einer elektrischen Leitung oder das Verputzen einer Mauer handelte, er war der Richtige dafür. Nichts war unmöglich. Als er in den Feldweg einbog, der zum Wald führte, fühlte sich Karls Vater großartig. Gestern hatte er auf Bitte seiner Frau für den Sohn ein neues Fahrrad gekauft, das nun fix und fertig zusammengebaut im Keller wartete. Vielleicht würde ja das Fahrrad dafür sorgen, dass Karl sich mehr wie ein richtiger Junge benahm. Karls Vater furchte leicht die Stirn. Irgendwie war der Junge anders. Statt sich im Sportverein anzumelden oder ihm beim Reparieren oder Herumwerkeln zu helfen, verbrachte Karl viel zu viele Stunden in seinem Zimmer. Womit eigentlich, war Karls Vater schleierhaft. Neulich hatte der Junge aus Knete ein Haus geformt und behauptet, dies solle ein Hexenhaus sein! Dann hatte er mehrere Tage so getan, als wohne dort tatsächlich eine Hexe, der er Gaben bringen müsse und die ihm dafür die Zukunft vorhersage! Also wirklich! Auch die Sache mit dem Hund war doch wieder so eine Schnapsidee. Der Junge hatte doch keine Ahnung, was so ein Hund für Pflege verlangte! Karls Vater schüttelte den Kopf und stieß die Luft aus. Dann konzentrierte er sich auf die letzten Meter des Feldweges.

Als er den Wald erreichte, wendete er sein Auto und öffnete schon einmal die Heckklappe. Dann brauchte er den Baum später nur noch vorsichtig über die Sitzbank hineinzuziehen. Sodann lenkte er seine Schritte in den winterlichen Wald, während die Sonne langsam hinter den Bäumen verschwand. Im letzten Tageslicht beäugte er die Bäume in der Tannenschonung sorgsam von allen Seiten, maß Breite und Höhe und stellte eine Bestenliste zusammen. Schließlich, nach gründlicher Überlegung, entschied er sich für eine Blautanne. Karls Vater kerbte den Stamm und nahm die Axt in die Hand. Sechs Hiebe, schätzte er, sechs Hiebe und der Baum würde fallen, na ja, vielleicht auch nur fünf, wenn er gut traf. Höchstens sieben, auf keinen Fall mehr. Karls Vater trat zurück, wobei er reichlich Schwung holte, um mit dem ersten Hieb einen ordentlichen Span abzuspalten. Diese Technik, die er in den letzten Jahren entwickelt und ausgefeilt hatte, wurde ihm heute zum Verhängnis. Beim Rückwärtstreten geriet er nämlich mit dem rechten Fuß in einen vermutlich von einem Dachs gegrabenen Bau, der durch die Schneedecke nicht zu sehen gewesen war. Dadurch verfehlte er die Tanne. Die geschwungene Axt sauste am Baum vorbei und traf ins Leere, wodurch der Körper von Karls Vater wie ein Geschoss nach vorn sauste. Der Fußknöchel, der im Dachsbau steckte und dem Körper nicht folgen konnte, gab ein deutlich hörbares Knacken von sich. Mit einem lauten „Scheiße!" fiel Karls Vater der Länge nach in den Schnee, während der Knöchel in steilem Winkel umknickte und flammende Schmerzen durch sein rechtes Bein jagten. Dann verlor er für kurze Zeit das Bewusstsein.

Als Karls Vater wieder zu sich kam, war es schon fast dunkel und die Lage alles andere als aussichtsreich. Er lag ohne Handy und ohne Hilfsmittel bei hereinbrechender Dunkelheit in einer Tannenschonung und konnte seinen rechten Fuß weder gebrauchen noch ohne Schmerzen bewegen. Außerdem wusste er nicht mehr genau, wo er sich befand, da er sich nicht erheben und einfach nachsehen konnte. Karls Vater dachte nach. Ehe ihn seine Familie wirklich vermisste, mochten Stunden vergehen, denn er hatte niemandem genau gesagt, wann er wieder zu Hause sein würde. Und was mehrere Stunden in einer Tannenschonung bei satten Minusgraden bedeuteten, darüber wollte er lieber nicht genau nachdenken. Karls Vater beschloss wenigstens aus der Schonung in Richtung Auto zu robben. Das Robben würde ihn warmhalten. Aber wo stand das Auto? Er drehte sich auf den Bauch und versuchte sich zu orientieren. Dort vorn sah es so aus, als ob sich der Wald lichtete. Deshalb stemmte er die Arme in die anvisierte Richtung und versuchte den Körper nachzuziehen. Na bitte, trotz der Schmerzen im Fuß hatte er sich circa dreißig Zentimeter fortbewegt. Er biss die Zähne zusammen und stemmte seine Arme erneut nach vorn.

Eine Stunde später lag Karls Vater kraftlos und durchgefroren am Rande der Schonung. Von hier bis zu seinem Wagen war es noch mindestens zweimal die gleiche Strecke. Das konnte er unmöglich schaffen. Verzweifelt ließ sich Karls Vater auf den Rücken fallen und kämpfte gegen die durch Schmerz und Erschöpfung aufsteigenden Tränen an. Seine Gedanken jagten wie sein Puls, ohne dass er einen weiteren Entschluss zu fassen vermochte. Eine kleine Pause, nur eine kleine Pause, dachte er und dämmerte weg. Als er wach wurde, spürte er einen warmen feuchten Lappen, der ihm mehrfach durch das Gesicht fuhr. Der Lappen war lang und rau und roch ein bisschen unangenehm. Irgendwie abgestanden. Karls Vater öffnete die Augen und schaute in zwei hellbraune Augen, die ihn aus einem weißbraunen Hundekopf prüfend ansahen. Anscheinend hatte er die Probe bestanden. Der Hund setzte eine Pfote auf seine Brust und begann mehrfach kurz zu bellen. Und zu seiner unendlichen Erleichterung hörte Karls Vater eine menschliche Stimme, die erst „Was hast du denn da, Tasso?" und dann „Was ist denn mit Ihnen geschehen?", fragte. Nachdem Karls Vater seine Lage erklärt hatte, schlug sein Retter vor, einen Krankenwagen zu rufen, und Karls Vater nickte dankbar. „Ich fahre ins nächste Dorf und hole Hilfe, Tasso leistet Ihnen so lange Gesellschaft!", bestimmte der Mann und eilte davon, nachdem er dem Hund zwei kurze Befehle erteilt hatte. Erleichtert ließ sich Karls Vater zurücksinken und schaute zu dem Hund hinüber. Der ließ sich an seiner Seite nieder und schien ihn genau zu beobachten. „Du bist ein toller Hund, weißt du das?", fragte Karls Vater und fühlte wirklich Dankbarkeit. Der Hund erhob sich nun und begann wieder sein Gesicht zu lecken, worüber Karls Vater zu seinem großen Erstaunen lachen musste. Er nahm eine Hand und strich dem Hund vorsichtig über den Kopf. Das Fell war kurz und weich und gar nicht kratzig. „Du bist klasse, und wenn das alles hier vorbei ist, bekommst du eine Wurst!", versprach Karls Vater nun. Der Hund setzte sich erneut nieder und legte seinen Kopf in die Halsbeuge von Karls Vater. Dem begannen vor Erschöpfung, Erleichterung und Dankbarkeit die Tränen über die Wangen zu rinnen. Und während er den Hund langsam streichelte, öffnete sich sein Herz.

Heiligabend

Am Abend des vierundzwanzigsten Dezember saßen Karl und seine Eltern bei Würstchen und Kartoffelsalat am Abendbrottisch neben dem Weihnachtsbaum. Karls Vater hatte den frisch eingegipsten Knöchel auf einem Hocker platziert und langte so kräftig zu, wie nur jemand, der Todesängste ausgestanden hatte, essen kann. Draußen rieselte der Schnee, im Hintergrund spielte leise Weihnachtsmusik und alle waren bester Stimmung. Karl war zwar etwas enttäuscht gewesen, als kein Hund unter dem Weihnachtsbaum zu finden war, und hatte zunächst angestrengt in alle Richtungen gelauscht, ob da nicht doch etwas winselte. Aber als er das Fahrrad gesehen hatte, das um die Ecke geparkt war, hatte er Augen und Nase aufgesperrt und war vor Begeisterung abwechselnd Vater und Mutter um den Hals gefallen. Mit dem Fahrrad konnte er künftig allein zur Schule und in den Wald oder zu seinen Freunden fahren, ohne dass er extra die Eltern bitten musste. Das war großartig. Und so war ein ganz kleiner Teil in Karl zwar immer noch ein bisschen traurig, aber der größere Teil wusste, dass seine Eltern tief in die Tasche gegriffen hatten, um ihn glücklich zu machen. Und das machte Karl glücklich. Und das Fahrrad war wirklich toll. Karl selbst hatte den Eltern zwei Figuren aus Knete geformt. Der Mutter eine Hexe mit einem spitzen Hut und einem Besen in der Hand und dem Vater einen Zauberer mit einem Umhang und einem Schraubenschlüssel. Beide hatten gelacht, und selbst Karls Vater hatte sich gefreut. Karl hatte das Hexenhaus aus seinem Zimmer geholt und, während Karls Mutter eine Hexe imitiert hatte, hatte Karls Vater seine Figur immer um das Haus stampfen lassen und dabei gerufen „Hohoho, hier ist ja einiges zu reparieren!". Karls Mutter, die am gestrigen Tag alle Ängste ausgestanden hatte, die eine liebende Ehefrau befallen können, war einfach nur dankbar für den schönen Abend. Alle aßen, lachten und unterhielten sich, als es klingelte. Karls Mutter schaute auf die Uhr. Halb acht! Wer konnte um diese Zeit etwas von ihnen wollen? Sie schaute fragend zu Karls Vater und wollte sich schon erheben, als dieser sie mit einer Handbewegung zurückhielt. „Ich muss trainieren!", erklärte er kurz, stemmte sich in die Höhe und humpelte mit seinen Krücken in den Flur. Die Wohnzimmertür schloss er hinter sich. Karls Vater beabsichtigte, den Störenfried kurz abzufertigen und sich dann wieder der Festtagsstimmung hinzugeben. Schließlich hatten sie sich das, gerade nach dem Geschehen des Vortags, alle verdient.

Als Karls Vater die Haustür öffnete, blickte er in die Augen eines Mannes, dessen Alter nur sehr schwer zu schätzen war. Er wirkte gleichzeitig sehr alt und dann doch wieder nicht. Er hatte graues volles Haar, einen Bart und eine Brille. Der Mann trug eine grüne Mütze mit Ohrenklappen und einen rotkarierten Reisemantel. Beides war voller Schnee. In der einen Hand hielt er eine Lederschlaufe und in der anderen einen Zettel, von dem er jetzt aufschaute. „Es tut mir leid, dass es so lange gedauert hat!", sagte er bedauernd, „Aber die Bestellung war nicht eindeutig!". „Bestellung?", entfuhr es Karls Vater. Er hatte doch nichts bestellt. Und seine Frau auch nicht. Kurz ging ihm durch den Kopf, ob der Mann vielleicht ein Vertreter war, der versuchte, die Weihnachtsstimmung der Leute auszunutzen, um ihnen etwas anzudrehen. Aber so wirkte der Alte nun ganz und gar nicht. „Die Bestellung zum Weihnachtsfest!", wiederholte der Mann nun, schaute noch einmal auf den Zettel und nickte. Dann übergab er Karls Vater die Lederschlaufe und zeigte gleichzeitig mit dem Daumen in Richtung Fußboden. Karls Vater folgte dem Blick und stutzte. Vor ihm auf dem Boden, am Ende einer Leine saß der putzigste kleine Hund, den er je gesehen hatte.

Er hatte ein weiß-braunes Fell, wie sein Retter vom gestrigen Tage, jedoch eine Schnauze und Schlappohren wie ein Dackel. Das lange Fell und die Augen des Tieres wiederum erinnerten irgendwie an das Hundeposter, das Karl wochenlang mit sich herumgetragen hatte. Nachdem Karls Vater seine Verblüffung überwunden hatte, hob er die Augen, um dem Alten zu sagen, dass es sich um einen Irrtum handeln müsse. Schließlich hatten weder er noch seine Frau einen Hund bestellt. Karls Vater beabsichtigte, seiner Stimme einen energischen, kräftigen Ausdruck zu verleihen, der darüber hinwegtäuschen sollte, dass er tief in seinem Innern irgendwie das Gefühl hatte, der Hund gehöre zu ihnen. Aber der Alte war verschwunden. „Na, warte!", dachte Karls Vater und beabsichtigte dem Unbekannten, dessen Aufgabe es offensichtlich war, ahnungslosen Leuten einen Hund anzudrehen, nachzulaufen. Diese Absicht kam aus zwei verschiedenen Gründen nicht zur Ausführung. Zum einen erinnerte sich Karls Vater, dass er am Tag zuvor den Knöchel gebrochen hatte und nur humpeln konnte. Zum anderen, und das war wirklich unheimlich, waren da gar keine Spuren im Schnee vor dem Haus. Karls Vater schüttelte sich und rieb seine Augen. Dann sah er noch einmal hinaus in die Nacht und schließlich auf die Schwelle vor der Tür, auf der immer noch der Hund saß und erwartungsvoll zu ihm aufschaute. Und zum zweiten Mal innerhalb von zwei Tagen wusste Karls Vater nicht, was er tun sollte, sondern gab lediglich einen fiependen Ton von sich, der auch gut und gern von dem Hund hätte stammen können. Karls Vater schloss die Augen und beschloss mehrmals tief durchzuatmen. Als er bei dem dritten Atemzug angelangt war, öffnete sich hinter ihm die Wohnzimmertür.

Der letzte innere Widerstand, der in Karls Vater bezüglich der Aufnahme des Hundes als Familienmitglied noch bestanden hatte, wurde von den Reaktionen von seiner Frau und Karl hinweggefegt, die jetzt an die Haustür traten und den Hund erblickten. Karls Mutter stieß einen Entzückensschrei aus und beugte sich zu dem Hund herab. Dann nahm sie ihn auf die Arme und begann auf ihn einzureden, wobei sie den Hund immer wieder Frido nannte. Karls Vater war sprachlos. Seine Frau war doch immer gegen einen Hund gewesen?! Karl selbst aber stand wie angewurzelt da und schaute aus tiefster Seele staunend abwechselnd auf den Hund, seinen Vater, auf den Hund und seine Mutter. Dann entrang sich ihm der Satz, der den letzten Vaterwiderstand brach: „Ich habe die besten Eltern der Welt!", erklärte Karl. Eine kleine Weile blickten sich die Eltern wortlos an. Dann drückte Karls Mutter den Hund in Karls Arme und alle gingen ins Haus.

Als Karls Mutter drei Stunden später neben ihrem Mann im Bett lag, war sie immer noch voll Erstaunen. Da hatte doch ihr Mann heimlich einen Hund bestellt. Das hatte sie ihm nie und nimmer zugetraut. Er war ihr in den letzten Jahren immer so nüchtern und rational vorgekommen. Aber auch in ihm wohnte eine romantische Seele. Karls Mutter seufzte glücklich. Und als sie hörte, dass Karl die Treppe hinunterschlich, offensichtlich in der Absicht, den Hund, der im Treppenflur schlafen sollte, in sein Bett zu holen, unternahm sie nichts, sondern kuschelte sich nur fest an ihren Mann und legte den Arm um ihn.

Nachdem Frido sich unter Karls Decke an sein Bein gekuschelt hatte, seufzte Karl glücklich auf und sah verträumt zum Fenster. Das war der beste Tag seines Lebens gewesen. Er hatte doch tatsächlich ein Fahrrad und einen Hund bekommen. Sein Vater war wirklich der allerbeste! Besser konnte der Weihnachtsmann auch nicht sein, egal ob es ihn nun gab oder nicht!

Der Einzige, der Karl hätte bestätigen können, dass es den Weihnachtsmann wirklich gab, war Karls Vater. Letzten Endes gab es keine andere logische Erklärung. Weder er noch seine Frau hatten den Hund bestellt. Und da waren keine Spuren im Schnee gewesen. Außerdem hätte er den Alten doch auch hören müssen! Es gibt den Weihnachtsmann!, dachte Karls Vater und lauschte in sich hinein. Seltsam, die Stimme in seinem Inneren, die sich sonst sofort kritisch und spöttisch zu Wort meldete, wenn beispielsweise die Nachbarn oder Bekannte über Wunder oder spontane Heilungen berichteten, blieb stumm, so, als gäbe es sie gar nicht. Stattdessen legte Karls Vater nun ebenfalls den Arm um seine Frau und fühlte sich so gut, wie sich eben nur jemand fühlt, dem ein Wunder begegnet ist.

Und zum Schluss

Danke an…

Irene, weil sie das Herz einer Geschichte kennt,

Verena, die beste freischaffende Lektorin weit und breit,

Gunther, den Hüter der deutschen Sprache, und an

Romy für ihr Vertrauen.

Zeitfracht Medien GmbH
Ferdinand-Jühlke-Straße 7
99095 Erfurt, Deutschland
produktsicherheit@kolibri360.de